· 暢銷修訂版 ·

看繪本學義大利語

大福工作室＝企劃編輯
Giorgia Sfriso 施喬佳＝審訂

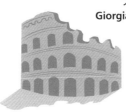

閱讀和使用本書的方法

書中義大利語單字、音標及中文翻譯標記方式如下：

名 詞

[中文翻譯] ──────▶ 公園

[義文單字] ──────▶ **parco** (m) ◀──────

[義文音標] ──────▶ [pàr-co]

[性別屬性]
(m) 表示陽性名詞；(f) 表示陰性名詞；(m.pl.) 表示陽性複數名詞；(f.pl.) 表示陰性複數名詞；(m.f.) 表示陰、陽性同一字。

當名詞因為陰、陽性不同而變化時，綠字的部份即表示陰、陽性不同的寫法。

嬰孩
bambino(a)
[bam-bì-no, a]

➡

[當嬰孩為男性時]
bambino
[bam-bì-no]

[當嬰孩為女性時]
bambina
[bam-bì-na]

形容詞

當名詞因為陰、陽性或單、複數變化時，形容詞也需要跟隨著變化字尾，括弧內代表陰性單數的用法。

新的
nuovo(a)
[nuò-vo, a]

➡

[當名詞為陽性單數時]
il libro nuovo
新的書 [il lì-bro nuò-vo]

[當名詞為陰性單數時]
la gonna nuova
新的裙子 [la gòn-na nuò-va]

親切的
simpatico(a)
[sim-pà-ti-co, a]

➡

[當名詞為陽性單數時]
lui è simpatico
他很親切 [lùi è sim-pà-ti-co]

[當名詞為陰性單數時]
lei è simpatica
她很親切 [lèi è sim-pà-ti-ca]

動 詞

字尾 (v.tr.) 表示及物動詞；(v.intr.) 表示不及物動詞，後面不能直接接名詞或受詞，而要先接副詞或介係詞。

義大利語的發音很簡單，幾乎是一個字母只有一種發音，所以一般基本上看到就會唸，聽到就會拼寫。幾個特殊的發音變化非常簡單，記住就好。

母音	A	[a]	近似國語注音ㄚ；[à] 表示重音在此音節。
	E	[e]	近似國語注音ㄝ；[è] 和 [é] 皆表示重音在此音節，前者為開口重音，後者較像注音ㄟ。
	I	[i]	近似國語注音一；[ì] 表示重音在此音節。
	O	[o]	近似國語注音ㄛ；[ò] 和 [ó] 皆表示重音在此音節，前者為開口重音，後者較像注音ㄡ。
	U	[u]	近似國語注音ㄨ；[ù] 表示重音在此音節。
子音	B	[b]	近似國語注音ㄅ，無聲發音。
	C	[c]	近似國語注音ㄎ；後接母音e 或 i 時變化如下。
	D	[d]	近似國語注音ㄉ，無聲發音。
	F	[f]	近似國語注音ㄈ。
	G	[g]	近似國語注音ㄍ；後接不同母、子音時變化如下。
	H	[h]	不發音。
	L	[l]	近似要發國語注音ㄌ音，舌尖頂上顎。
	M	[m]	近似國語注音ㄇ，無聲發音。
	N	[n]	近似國語注音ㄋ，無聲發音。
	P	[p]	近似國語注音ㄆ。
	Q	[q]	後必接母音u，qu 一起發ㄎㄨ音。
	R	[r]	舌尖置上顎發顫抖音。
	S	[s]	近似國語注音ㄙ；有時會發偏z 的音，本書音標中以大寫S 表示。
	T	[t]	近似國語注音ㄊ。
	V	[v]	類似國語注音ㄈ的嘴型，但發ㄇ的氣音。
	Z	[z]	Z的音標有兩種發音方式，大寫的Z類似國語注音的ㄗ，小寫的z則類似注音的ㄘ。

義大利語只有五個母音，聲音都要發長音，一個母音一個音節，子音會與後接的母音成為同一個音節，所有音節都要清楚發音。重音大部份在倒數第二或第三音節，如字尾有重音符號則表示重音在最後。

幾個需要注意的發音變化

＊子音c 直接後面接母音e 或 i 時發[ㄑ]音；而ch 後面接母音e 或 i 時才發[ㄎ]音。

C	[ㄎ]	ca	che	chi	co	cu
	[ㄑ]		ce	ci		

＊＊子音g 直接後面接母音e 或 i 時發[ㄐ]音；而gh 後面接母音e 或 i 時才發[ㄍ]音。

G	[ㄍ]	ga	ghe	ghi	go	gu
	[ㄐ]		ge	gi		

＊＊＊gli 有點像是要發[ㄌㄧ]的氣音，而gn 則是發有點像[ㄋㄧ]的鼻音。

La grammatica italiana
義大利語
的基本文法

若能了解義大利文的規則與變化，對於初學者的幫助是很大的喔！

義大利語的字母　Alfabeto

Aa	**Bb**	**Cc**	**Dd**	**Ee**	**Ff**
[a]	[bi]	[ci]	[di]	[e]	[effe]
Gg	**Hh**	**Ii**	**Ll**	**Mm**	**Nn**
[gi]	[acca]	[i]	[elle]	[emme]	[enne]
Oo	**Pp**	**Qq**	**Rr**	**Ss**	**Tt**
[o]	[pi]	[qu]	[erre]	[esse]	[ti]
Uu	**Vv**	**Zz**			
[u]	[vu]	[zeta]			

為了表現外來字的字母，另外有

Jj	**Kk**	**Ww**	**Xx**	**Yy**
[i lunga]	[cappa]	[doppia vu]	[ics]	[ipsilon]

名 詞

義大利文的名詞都有陰陽性之分，且名詞前都一定會加上冠詞。大部份的陽性名詞結束字尾為「o」，陰性字尾為「a」，若字尾結束為「e」則可能需要看名詞前的冠詞來分陰性或陽性，所以建議最好將名詞與冠詞一起背誦。

名詞	單數	複數
陽性	字尾 o	字尾 i
陰性或陽性	字尾 e	
陰性	字尾 a	字尾 e

義大利文的複數是以變化字尾來表現。

例如： 陽性名詞單數　treno　→　陽性名詞複數 treni

　　　　（一列）火車　　　　　（多列）火車

　　　　陰性名詞單數　chiesa →　陰性名詞複數 chiese

　　　　（一座）教堂　　　　　（多座）教堂

冠詞

分有定冠詞和不定冠詞兩種，前者代表已知、確定的那件事物，而後者代表未知、不確定的某事物。

例如： la scuola　那一所學校，説話的人提過或知道在説的那一所。
　　　una scuola　表示有一所學校，並沒有特定指哪一所。

小叮嚀：定冠詞有點像中文説的「這個」、「那個」；而不定冠詞有點像中文的「一個」、「有個」。

冠詞也會依據名詞的陰、陽性和單、複數變化。

定冠詞

名詞	字首	單數	複數	中文
陽性	子音	il libro	i libri	書
	S, Gn, Z, Ps	lo stomaco	gli stomaci	胃
	母音	l'albero	gli alberi	樹
陰性	子音	la donna	le donne	女人
	母音	l'opera	le opere	歌劇

不定冠詞

名詞	字首	單數	複數	中文
陽性	子音或母音	un libro	dei libri	書
	S, Gn, Z, Ps	uno studente	degli studenti	學生
陰性	子音	una rosa	delle rose	玫瑰
	母音	un'isola	delle isole	島

形容詞

義大利語的形容詞通常放在名詞之後,也會跟隨著名詞的陰、陽性和單、複數變化。

名詞	單數	複數
陽性	字尾 o = il gatto nero	字尾 i = i gatti neri
	字尾 e = il cane intelligente	字尾 i = i cani intelligenti
陰性	字尾 a = la gonna rossa	字尾 e = le gonne rosse
	字尾 e = la donna elegante	字尾 i = le donne eleganti

指示形容詞

義大利語中的指示形容詞也會跟隨著名詞的陰、陽性和單、複數變化。

這個 questo [qué-sto]

名詞	單數	複數
陽性	questo	questi
陰性	questa	queste

那個 quello [quél-lo]

名詞		單數	複數
陽性	字首母音	quell'	quegli
	S, Gn, Z, Ps	quello	
	字首子音	quel	quei
陰性	字首母音	quell'	quelle
	字首子音	quella	

主 詞

義大利語的主詞分為六種。動詞會依據這六種主詞變化，所以當主詞省略時，也可以依據動詞知道是誰在說話。

我	你	他／她	我們	你們	他們
io	tu	lui / lei	noi	voi	loro

小叮嚀：對長輩或敬稱「您」時，使用Lei，而為了與第三人稱的「她」區別，L需大寫。

動 詞

義大利語的規則動詞大約可以分為are、ere、ire字尾等三類，依據主詞不同進行字尾變化。

主詞	arrivare 到達	prendere 拿	partire 離開	capire 懂
io	arrivo	prendo	parto	capisco
tu	arrivi	prendi	parti	capisci
lui / lei	arriva	prende	parte	capisce
noi	arriviamo	prendiamo	partiamo	capiamo
voi	arrivate	prendete	partite	capite
loro	arrivano	prendono	partono	capiscono

小叮嚀：義大利語動詞變化複雜，不論規則或不規則都是需要背誦的。另外，動詞的各種時態礙於篇幅無法一一介紹，僅列出規則動詞的現在式，以及常用的不規則動詞變化三種。

主詞	avere 有	essere 是	fare 做
io	ho	sono	faccio
tu	hai	sei	fai
lui / lei	ha	è	fa
noi	abbiamo	siamo	facciamo
voi	avete	siete	fate
loro	hanno	sono	fanno

介系詞

列出義大利語中較常用的介系詞，( )內為類似的對應英文幫助了解，但並不代表完全相同於此英文單字。

介系詞	中文	例句
a (at)	到～、在～ 後面接場所、城市、或時間	Vado a scuola. 我去學校。 Il treno parte alle 6. 那班火車六點出發。
in (in)	在～ 後面接封閉的地方、或一段時間	Andiamo in montagna. 我們去山上。 Siamo in vacanza. 我們在渡假中。
di (of)	～的 表示所屬	Questo libro è di Anna. 這本書是Anna的。 Lui è di Roma. 他是羅馬人。
da (from)	從～ 表示地點、距離、時間	Parto da Parigi. 我從巴黎離開。 Abito a Roma da due anni. 我兩年前起住在羅馬。
per (for, to)	為了～、給～ 表示目的、理由	Parte per Milano. 他離開去米蘭。 Avete un tavolo per tre? 你們有三人的空桌嗎？
con (with)	在一起 表示陪伴、或東西混在一起	Vieni con me. 你和我一起去。 Il gelato con la panna. 冰淇淋加鮮奶油。
su (on)	在～之上	Sul tavolo. 在桌上。
fra (between)	在～之間	Torno fra due ore. 我兩小時之內回來。

小叮嚀：某些介系詞置於名詞之前時，會與遇到的定冠詞結合縮寫在一起。但介系詞絕不會和不定冠詞結合。
例如： a + il = al
　　　 a + la = alla
　　　 di + i = dei
　　　 di + le = delle
　　　 in + lo = nello
　　　 in + l' = nell'
　　　 da + gli = dagli

目錄
Indice

Stile italiano
美好的形象

義大利
Belpaese (m)
[bel-pa-é-Se]
指定義大利，意為「美麗的國家」，
字首必須大寫。

義大利人愛美眾所皆知。走在路上隨處可見穿著講究、打扮光鮮亮麗的美女型男。走進家裡也有蕾絲邊的餐桌布、精心擺放的餐具，就連平日的生活細節上也十分注重美感。這種對於美的堅持是一種無形中培養出來的態度，因為從小浸淫在那些隨處可見的古蹟與藝術品中，培養出內在的美好眼力。正因為義大利人認為所有物質都有美的特質，才能造就出不斷讓人驚艷的義大利！

印象
impressione (f)
[im-pres-sió-ne]

觀念、想法
idea (f)
[i-dè-a]

思想
pensiero (m)
[pen-siè-ro]

個性
carattere (m)
[ca-ràt-te-re]
同義詞為personalità [per-so-na-li-tà]。

氣質
temperamento (m)
[tem-pe-ra-mén-to]

品味
gusto (m)
[gù-sto]

審美觀
estetica (f)
[e-stè-ti-ca]

熱情
passione (f)
[pas-sió-ne]

時尚、潮流
moda (f)
[mò-da]

米蘭時裝週
settimana della moda di Milano
[set-ti-mà-na dél-la mò-da di mi-là-no]

時裝設計師
stilista (m.f.)
[sti-lì-sta]

時裝模特兒
indossatore(trice)
[in-dos-sa-tore, trice]

模特兒
modella (f)
[mo-dèl-la]

優雅
eleganza (f)
[e-le-gàn-za]

高雅的
elegante
[e-le-gàn-te]

美麗
bellezza (f)
[bel-léz-za]

榜樣
esempio (m)
[e-Sèm-pio]

美食
buon cibo (m)
[buòn cì-bo]

品牌
marchio (m)
[màr-chio]

品質
qualità (f)
[qua-li-tà]

水準、程度
grado (m)
[grà-do]

義大利高品質產品
eccellenza italiana (f)
[ec-cel-lèn-za i-ta-lià-na]
一般用來指義大利製造的食品，飲品和其他手工製品。

生活
vita (f)
[vì-ta]

慢
piano
[pià-no]
義大利人常常掛在嘴邊的piano, piano，意思就是不要急、慢慢來，這代表著他們的一種生活態度，但有時也容易被批評為沒效率喔！

文化遺產
patrimonio culturale (m)
[pa-tri-mò-nio cul-tu-rà-le]

藝術品
opera (f)
[ò-pe-ra]

古蹟
sito storico (m)
[si-to stò-ri-co]

Mamma
媽媽

晚餐好了嗎？
È pronta la cena?
[è prón-ta la cé-na]

最喜歡媽媽的味道！
La cucina della mamma è la migliore del mondo!
[la cu-cì-na dél-la màm-ma è la mi-glió-re del món-do]

上菜囉！
È pronto!
[è prón-to]

義大利人的家庭觀念很重，常常可見全家人聚在一起吃飯的畫面，而掌廚的義大利媽媽就形同家裡的掌權者，義大利男人窩在家裡讓媽媽照顧，直到結婚才會搬出去，幾乎是一種常態。再加上外面房租高，也是一個不願意搬出家中的藉口。所以義大利語中會出現「媽寶」等名詞，專門來稱呼那些像小孩一樣一直依賴著媽媽的義大利男人。

戀母情結、對母親崇拜
mammismo (m)
[mam-mì-Smo]

我忘記帶鑰匙了！
Ho dimenticato le chiavi!
[hò di-men-ti-cà-to le chià-vi]

媽寶
mammone (m)
[mam-mó-ne]
義大利男人喜歡在嘴巴上說
獨立，然後還是寧願窩在家
裡享受當媽媽的乖兒子。

我的媽媽啊、我的天啊
mamma mia
[màm-ma mì-a]
一種驚嘆語，也是用媽媽
來代表，可見母親對於義
大利人的重要性。

典型的
tipico(a)
[tì-pi-co-a]

黏著
attaccato
[at-tac-cà-to]

庇護
protezione (f)
[pro-te-zió-ne]

社會
società (f)
[so-cie-tà]
義大利成年男子還
住在父母家裡的比
例，遠遠高於歐洲
其他國家。義大利
政府甚至還考慮要
立法強迫這些賴家
王老五獨立呢！

風俗
costume (m)
[co-stù-me]

家庭
famiglia (f)
[fa-mì-glia]

謝謝你的幫忙！
Grazie dell'aiuto.
[grà-zie délla-iù-to]

家長
capofamiglia (m.f.)
[ca-po-fa-mì-glia]
capo 是頭、首領的意思；
il capo della famiglia 可以是
父親、母親、或是家族裡
負擔責任的大家長。

父母親
genitori (m.pl.)
[ge-ni-tó-ri]
同時指父親和母親二人。

兒子、女兒
figlio(a)
[fì-glio-a]

感情
affetto (m)
[af-fèt-to]

需要
bisogno (m)
[bi-Só-gno]

留下、停留
rimanere (v.intr.)
[ri-ma-né-re]

搬家
trasloco (m)
[tra-Slò-co]

媽媽，我好愛妳！
**Ti voglio bene,
mamma!**
[ti vò-glio bè-ne màm-ma]

離開
andarsene (v.intr.)
[an-dàr-se-ne]

離開安樂窩
lasciare il nido
[la-scià-re il nì-do]
nido (m) 代表窩。

獨立的
indipendente
[in-di-pen-dèn-te]

Rinascimento
文藝復興

文藝復興大約是十四世紀從義大利佛羅倫斯（翡冷翠）開始，一直向外擴展到整個歐洲，直至十六世紀才結束，是影響全歐洲包括繪畫、雕塑、建築、天文、哲學等的思想文化革命。這段時期打破了歐洲原朽的封建，從天文的發現研究，到人體的結構了解，將藝術提升至不再僅止於工匠的地位，開啟了一個新的思維、新的思想、新的知識領域，而最具代表性的人物如義大利的文藝復興三傑：米開朗基羅、達文西、拉斐爾。

文藝復興
rinascimento (m)
[ri-na-sci-mén-to]

人文主義
umanesimo (m)
[u-ma-né-Si-mo]

藝術
arte (f)
[àr-te]

黃金比例
sezione aurea (f)
[se-zió-ne àu-rea]
也稱黃金分割，是一種數學上的比例關係，但會奇妙地帶給人一種和諧的美感。

解剖學
anatomia (f)
[a-na-to-mì-a]

科學
scienza (f)
[scièn-za]

科學家
scienziato(a)
[scien-zià-to, a]

建築學
architettura (f)
[ar-chi-tet-tù-ra]

哲學
filosofia (f)
[fi-lo-So-fì-a]

天文
astronomia (f)
[a-stro-no-mì-a]

雕塑
scultura (f)
[scul-tù-ra]

智力
intelletto (m)
[in-tel-lèt-to]

發明
inventare (v.tr.)
[in-ven-tà-re]

達文西
Leonardo da Vinci
[le-o-nàr-do da vìn-ci]
生於1452年，除了是優秀的畫家、藝術家、建築師外，同時對於工程、數學、解剖等也有許多影響後世的發明與理論。成功運用透視法的〈最後的晚餐〉，和擁有黃金比例的〈蒙娜麗莎〉是最被世人熟悉的二幅畫作。

維特魯威人
uomo vitruviano (m)
[uò-mo vi-tru-vià-no]
達文西關於人體比例的手稿。其一生不但進行過人體解剖，並繪製了許多人體解剖圖。

天分、才華
talento (m)
[ta-lèn-to]

聰明的
intelligente
[in-tel-li-gèn-te]

特別的
speciale
[spe-cià-le]

米開朗基羅
Michelangelo Buonarroti
[mi-che-làn-ge-lo buo-nar-rò-ti]

1475年生，身兼雕刻家、畫家、建築師與詩人，雕刻的作品充滿生命
力，以健美線條著稱，著名的如〈大衛像〉、〈聖殤〉等，而為西斯汀
禮拜堂繪製的創世紀壁畫是去羅馬必看的曠世鉅作。享年89歲，是文藝
復興三傑中最長壽的一位，葬於佛羅倫斯的聖十字教堂。

大衛像
David di Michelangelo (m)
[da-vìd di mi-che-làn-ge-lo]

創造亞當
creazione di Adamo (f)
[cre-a-zió-ne di a-dà-mo]

米開朗基羅位於西斯汀禮拜堂大廳頂的創世紀壁畫，歷時四年多完成，
面積約500多平方米，分成九個聖經故事，其中「創造亞當」是最有名
的一幅。

拉斐爾
Raffaello Santi
[raf-fa-èl-lo sàn-ti]

生於1483年，是畫家與建築
師。文藝復興三傑中最年輕也
是最短命的一位，享年37歲，
畫作風格以秀美著稱。

天才
genio (m)
[gè-nio]

雅典學院
scuola di Atene
[scuò-la di a-tè-ne]

拉斐爾把不同時期的眾多哲學、藝術家畫在
一起，包括柏拉圖、蘇格拉底、亞里士多德
等人，表達對人類智慧的崇敬。

通才、全人
uomo universale
[uò-mo u-ni-ver-sà-le]

因為文藝復興時期出了不少像達文西這般同
時擁有多種才藝的人，所以也有「文藝復興
人」這種別稱出現。

Design
設計

第二次世界大戰後，義大利為了重建戰後的蕭條，掀起一股私人設計企業的風潮，從汽機車設計、燈具設計到大量生產的家庭用品，逐漸建立起全球工業設計的領導地位。義大利的設計有過去的傳統工藝為基礎，除了兼顧功能實用性外，對於外觀造型的線條顏色美感要求，以及不斷創新的有趣創意概念，讓義大利設計至今仍主導著潮流，「Made in Italy」也幾乎等同於優良設計的保證了。

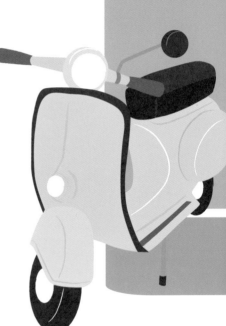

設計師
disegnatore(trice)
[di-se-gna-tore, trice]

風格
stile (m)
[stì-le]

合適的
adatto(a)
[a-dàt-to, a]

構思
ideare (v.tr.)
[i-de-à-re]

獨特的
caratteristico(a)
[ca-rat-te-rì-sti-co, a]

模型、款式
modello (m)
[mo-dèl-lo]

成功
successo (m)
[suc-cès-so]

創造力
creatività (f)
[cre-a-ti-vi-tà]

環境
ambiente (m)
[am-bièn-te]

古典的
classico(a)
[clàs-si-co, a]

工業設計
disegno industriale (m)
[di-sé-gno in-du-strià-le]
從英文直接翻過來的通用辭彙，亦即義語中的progettazione industriale [pro-get-ta-zió-ne in-du-strià-le]。

實用的
pratico(a)
[prà-ti-co, a]

物品
oggetto (m)
[og-gèt-to]

家具
arredamento (m)
[ar-re-da-mén-to]
家具設計disegno dell'arredo [di-sé-gno dél-lar-rè-do] 也是屬於產品設計disegno del prodotto [di-sé-gno dél pro-dót-to] 裡的一項。

比雅樂蒂
Bialetti
[bia-lèt-ti]

二次大戰後1933年設計的摩卡壺Moka [mò-ca]，簡單的機械構造就能沖泡出義式咖啡，堅固耐用、造型美觀的八角形設計，快速的佔領市場，直至目前仍是義大利家庭必備的用品之一，是一款相當經典的當代設計。

偉士牌
Vespa
[vè-spa]

比雅久（Piaggio）公司1946年設計的摩托車款，以當時尚無的板金包覆引擎概念，和流線亮眼的造型，一推出極廣受歡迎，直至今日仍然繼續在生產。

奧利維
Olivetti
[o-li-vèt-ti]

1969年設計出創新的人體工學鍵盤和橘色塑膠材質攜帶型打字機Valentine [va-len-ti-ne]，打響了Olivetti這個品牌，同時也成為歷久不衰的經典設計品之一。

艾烈希
Alessi
[a-lés-si]

戰後用塑膠材質設計廚房家居用品，降低價格並讓設計品普及化，成功展現義大利獨特設計風格與水準，歷年來不斷邀請設計師合作開發出不少膾炙人口的經典商品，如外星人榨汁機、安娜開酒器等。

直尺
righello (m)
[ri-ghèl-lo]

圓規
compasso (m)
[com-pàs-so]

三角形
triangolo (m)
[tri-àn-go-lo]

正方形
quadrato (m)
[qua-drà-to]

三角板
squadra (f)
[squà-dra]

工具、器具
strumento (m)
[stru-mén-to]

圓、圓圈
circolo (m)
[cir-co-lo]

Pasta
義大利麵食

簡單多變化的麵食早已經成為義大利的代表之一，在各國生活美食中佔有一席之地。除了一般長條形的麵條外，義大利人也發展出中空的麵條，或無奇不有的造型，不僅視覺效果佳，更有可以吸附醬汁、增加口感的功能考量。而顏色方面當然也不是多澤，添加了菠菜的綠色、墨魚汁的黑色、番茄的紅色等變化多端的顏色，讓吃麵也可以符合義大利對美的追求。一般義大利人吃麵會用叉子將麵條捲起來後，以正好一口的量放進嘴裡。

長的義大利麵
pasta lunga (f)
[pà-sta lùn-ga]

義大利麵
spaghetti (m.pl.)
[spa-ghét-ti]
長條細圓管狀，台灣一般
最常見的義大利麵條。

義大利麵條
linguine (f.pl.)
[lin-guì-ne]
長條扁方塊狀麵條。

直條通心麵
bucatini (m.pl.)
[bu-ca-tì-ni]
長條圓管中間有空洞的麵條。

千層麵
lasagna (f)
[la-Sà-gna]
較厚的長條扁平狀，通常
切成長方形大小，平鋪多
層內夾肉餡醬。

細麵
capellini (m.pl.)
[ca-pel-li-ni]
長條極細的管狀麵條。

團狀的義大利麵
pasta a matassa (f)
[pà-sta a ma-tàs-sa]

大寬麵
pappardelle (f.pl.)
[pap-par-dèl-le]

寬麵
fettuccine (f.pl.)
[fet-tuc-ci-ne]

短的義大利麵
pasta corta (f)
[pà-sta cór-ta]

斜管麵
penne (f.pl.)
[pén-ne]

螺旋麵
fusilli (m.pl.)
[fu-sil-li]

蝴蝶麵
farfalle (f.pl.)
[far-fàl-le]

義大利餃
tortellini (m.pl.)
[tor-tel-li-ni]

貝殼麵
conchiglie (f.pl.)
[con-chì-glie]

圓管麵
cannelloni (m.pl.)
[can-nel-ló-ni]

菸斗麵
pipe rigate (f.pl.)
[pì-pe ri-gà-te]

方形餃
ravioli (m.pl.)
[ra-viò-li]

醬汁
sugo (m)
[sù-go]

義大利超市都可以買
得到現成的各式各樣
義大利麵醬汁，不管
想吃哪種口味，只要
會煮麵條，人人都可
以變大廚！

番茄肉醬
ragù alla Bolognese (m)
[ra-gù àl-la bo-lo-gné-se]

從波隆納地區發展出來
最傳統的義大利麵醬，
也就是我們一般所謂的
義大利麵肉醬。

添加羅勒的番茄醬
sugo al basilico (m)
[sù-go al ba-Si-li-co]

添加橄欖的番茄醬
sugo con olive (m)
[sù-go cón o-li-ve]

Slow Food
慢食生活

1986年從義大利北部小鎮Bra開始，為了抵抗麥當勞的速食文化，在義大利各地開始推廣慢食生活主義，現在已經慢慢的擴展到歐洲等其他國家，漸漸成為一種潮流。主要的目標是希望能夠發展跟保護當地的傳統蔬果、農作物、食品，也包括傳統的食譜與烹飪方式，並提倡重視有機、健康食品，以及細細品味美食的態度。

農業
agricoltura (f)
[a-gri-col-tù-ra]

傳統
tradizione (f)
[tra-di-zió-ne]

土地
terra (f)
[tèr-ra]

栽培
coltivare (v.tr.)
[col-ti-và-re]

農村民宿
agriturismo (m)
[a-gri-tu-rì-Smo]

好累了！
Che fatica!
[ché fa-tì-ca]

休息一下！
Facciamo una pausa!
[fac-cià-mo ù-na pàu-Sa]

生長
crescere (v.intr.)
[cré-sce-re]

生產
produrre (v.tr.)
[pro-dùr-re]

健康
sano(a)
[sà-no(a)]

簡單的
semplice
[sém-pli-ce]

培養、飼養
nutrire (v.tr.)
[nu-trì-re]

化學的
chimico(a)
[chì-mi-co(a)]

草本的
erbaceo(a)
[er-bà-ce-o(a)]

寧靜
tranquillità (f)
[tran-quil-li-tà]

生化的、有機的
biologico(a)
[bio-lò-gi-co(a)]

農藥
pesticida (m)
[pe-sti-cì-da]

天然的
naturale
[na-tu-rà-le]

緩慢的
lento(a)
[lèn-to(a)]

有機的
organico(a)
[or-gà-ni-co(a)]

汙染
inquinare (v.tr.)
[in-qui-nà-re]

活力
vitalità (f)
[vi-ta-li-tà]

這個沙拉真好吃！
Questa insalata è molto buona!
[qué-sta in-sa-là-ta è mól-to buò-na]

好玩義大利
Divertirsi in Italia

南北狹長的義大利，每個地方都有不同於別區的特色，學會搭火車和巴士，遊走玩耍義大利將輕而易舉。趕快收拾行囊，一起出發吧！

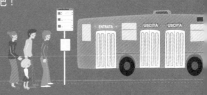

Giro turistico a Roma
義大利首都：羅馬

聖天使城堡
Castel Sant'Angelo (m)
[ca-stèl san-tàn-ge-lo]

最早曾經是皇帝陵墓，現為國立博物館。前有聖天使橋跨越台伯河，內有教宗危急避難的祕道與梵諦岡相通。

梵諦岡
Città del Vaticano (f)
[cit-tà dél va-ti-cà-no]

位於羅馬台伯河左岸，面積僅有0.44平方公里，以羅馬天主教宗為元首，是在義大利境內擁有獨立主權的國家。

聖彼得大教堂
Basilica di San Pietro (f)
[ba-Sì-li-ca di san piè-tro]

教堂前有如同雙臂環繞的聖彼得廣場，教堂內有米開朗基羅等多位大師的藝術作品，是全球天主教信徒的朝聖中心。

納佛那廣場
Piazza Navona (f)
[pìaz-za na-vó-na]

廣場中央有大師貝尼尼（Bernini）雕刻的四河噴泉（Fontana dei Quattro Fiumi），兩旁則另有海神噴泉和摩爾人噴泉。

西斯汀禮拜堂
Cappella Sistina (f)
[cap-pèl-la si-stì-na]

米開朗基羅著名的〈創世紀〉及〈最後的審判〉就是在此禮拜堂內。

羅馬國際機場
Aeroporto Leonardo da Vinci di Fiumicino (m)
[a-e-ro-pòr-to leo-nàr-do da vìn-ci di fiu-mi-cì-no]

機場代號FCO，距離羅馬市約26公里。

宗座瑞士近衛隊
Guardia Svizzera (f)
[guàr-dia Svìz-ze-ra]

宗座瑞士近衛隊是保護天主教會和教宗的僱傭兵組織。宗座瑞士近衛隊的招募條件是：必須是19-30歲的未婚瑞士籍天主教男子。

警察局
questura (f)
[que-stù-ra]

軍事警察／憲兵
carabiniere (m)
[ca-ra-bi-niè-re]

警察
polizia (f)
[po-li-zì-a]

是一種總稱；如果單指個人則用poliziotto [po-li-zìòt-t。]。

交通警察
vigile(essa)
[vì-gi-le, essa]

西班牙廣場
Piazza di Spagna (f)
[piàz-za di spà-gna]
因為十七世紀曾有西班牙大使館建於此處而得名，前面教堂的階梯現在是觀光客最愛流連的地方之一。

紀念碑
monumento (m)
[mo-nu-mén-to]

神殿
tempio (m)
[tèm-pio]

廢墟
ruderi (m.pl.)
[rù-de-ri]

小偷
ladro(a)
[là-dro, a]

搶、偷
rubare (v.tr.)
[ru-bà-re]

小偷！搶劫！
Al ladro!
[al là-dro]

許願池
Fontana di Trevi (f)
[fon-tà-na di trè-vi]
傳說背對噴泉向後投擲錢幣，就可以許願再回到羅馬。

萬神殿
Pantheon (m)
[pàn-the-on]
古羅馬時期的建築，巨大穹頂為這個保存最完善的古代建築添色不少。文藝復興大師拉斐爾也長眠於此。

特米尼火車站
Stazione Termini (f)
[sta-zió-ne tèr-mi-ni]
羅馬的中央火車站，有快車可以直達Fiumicino機場。

文明
civiltà (f)
[ci-vil-tà]

羅馬式的
romanesco
[ro-ma-né-sco]

競技場
Colosseo (m)
[co-los-sèo]
可容納約六萬人觀看猛獸與鬥士的生死競技場地。

古羅馬公共廣場
Foro Romano (m)
[fò-ro ro-mà-no]
羅馬帝國當年的輝煌可以從這些遺跡一窺究竟，包括Severus和Tito皇帝的凱旋門、元老院、神殿等。

真理之口
Bocca della Verità (f)
[bóc-ca dél-la ve-ri-tà]
因電影《羅馬假期》而聲名大噪，傳說人如果說謊，放在大理石雕刻之海神口中的手就會被咬住。

水道橋
Acquedotto Appio (m)
[ac-que-dót-to àp-pio]
西元前古羅馬人為了引遠處的水源至城市中所建造的第一條水道橋，現羅馬南方市郊的Regionale dell'Appia Antica公園仍有這偉大傑作的遺跡。

Guida turistica di Firenze
義大利花都：佛羅倫斯

花園
giardino (m)
[giar-dì-no]

單行道
senso unico
[sèn-so ù-ni-co]

汽車出租公司
autonoleggio (m)
[au-to-no-lég-gio]

租用
noleggiare (v.tr.)
[no-leg-già-re]

公園
parco (m)
[pàr-co]

道路封閉
strada chiusa
[strà-da chiù-sa]

歸還
restituire (v.tr.)
[re-sti-tu-ì-re]

停車場
parcheggio (m)
[par-chég-gio]

速限
velocità limitata (f)
[ve-lo-ci-tà li-mi-tà-ta]

交通工具
veicolo (m)
[ve-ì-co-lo]

諾維拉聖母火車站
Stazione di Firenze Santa Maria Novella (f)
[sta-zió-ne di fi-rèn-ze san-tà ma-rià no-vèl-la]
佛羅倫斯的中央火車站（stazione centrale）。

輕型機車
motoretta (f)
[mo-to-rét-ta]
指排氣量較小的機車，也就是一般所謂的速可達（scooter）。

汽車
macchina (f)
[màc-chi-na]

機車
motorino (m)
[mo-to-rì-no]
相對於打檔車motore a scoppio [mo-tó-re a scòp-pio] 而言的自動排檔機車。

腳踏車
bicicletta (f)
[bi-ci-clét-ta]

加油站
distributore di benzina (m)
[di-stri-bu-tó-re di ben-Zì-na]

柴油
gasolio (m)
[ga-Sò-lio]

無鉛汽油
benzina senza piombo (f)
[ben-Zì-na sèn-za pióm-bo]
加油站的牌子上會簡寫成senza pb。

請加滿！
Faccia il pieno, per favore!
[fàc-cia il piè-no, pér fa-vó-re]

歷史中心
centro storico (m)
[cèn-tro stò-ri-co]

義大利悠久的歷史古蹟累積在每一個城市裡，如果看到標示上寫著centro storico，大部份就是以前繁榮的市中心，還常可以看到石塊路的歷史見證呢！

聖喬凡尼洗禮堂
Battistero di San Giovanni (m)
[bat-ti-stè-ro di san gio-vàn-nì]

位於Duomo大教堂前的八角形洗禮堂，東面的青銅門浮雕被米開朗基羅讚譽不已，又稱「天堂之門」Porta del Paradiso [pòr-ta dél pa-ra-dì-So]。

聖母百花大教堂
Basilica di Santa Maria del Fiore (f)
[ba-Sì-li-ca di sàn-ta ma-rìa del fió-re]

俗稱Duomo [duò-mo] 大教堂，耗時150年才完成的哥德式教堂，擁有文藝復興時期建築師布魯內斯基（Brunelleschi）設計的美麗圓頂。

聖十字教堂
Chiesa di Santa Croce (f)
[chiè-sa di sàn-ta cró-ce]

內有米開朗基羅、伽利略等佛羅倫斯名人之墓，故又有「佛羅倫斯萬神殿」之稱。

舊宮（市政廳）
Palazzo Vecchio (m)
[pa-làz-zo vèc-chio]

原是統治佛羅倫斯梅第奇（Medici）家族的官邸，也是市政廳所在地，前廣場上有著名的〈大衛像〉複製品。

烏菲茲美術館
Galleria degli Uffizi (f)
[gal-le-rì-a dé-gli uf-fì-zi]

原是長期統治佛羅倫斯的梅第奇（Medici）家族辦公室，內有為數眾多的家族收藏美術傑作，現已開放為美術館供大眾參觀。

米開朗基羅廣場
Piazzale Michelangelo (m)
[piaz-zà-le mi-che-làn-ge-lo]

位於城市東南的小丘上，擁有觀看整座佛羅倫斯城的良好視野。廣場中有大衛像的複製品。

舊橋
Ponte Vecchio (m)
[pón-te vèc-chio]

佛羅倫斯最古老的跨河橋梁，兩側多為金飾、珠寶店鋪。上層是後來為連接1彼堤宮而增建的。

彼堤宮
Palazzo Pitti (m)
[pa-làz-zo pìt-ti]

原是梅第奇（Medici）家族競爭對手彼堤家族的豪宅，後被梅第奇家族買下。現開放展示家族的收藏品。

波波里花園
Giardino di Boboli (m)
[giar-dì-no di bò-bo-li]

義大利最具代表性的古羅馬花園，位於彼堤宮後方，曾是梅第奇家族的私人庭院。

Escursione a Milano
義大利流行都市：米蘭

銀行
banca (f)
[bàn-ca]

銀行帳戶
conto corrente (m)
[cón-to cor-rèn-te]
這裡指的是一般活期帳戶。

帳戶所有人
correntista (m.f.)
[cor-ren-tì-sta]

現金
contante (m)
[con-tàn-te]

硬幣
moneta (f)
[mo-né-ta]

錢
soldi (m.pl.)
[sòl-di]

零錢
spiccioli (m.pl.)
[spìc-cio-li]

支票
assegno (m)
[as-sé-gno]

簽字、簽名
firmare (v.tr.)
[fir-mà-re]

兌換處
cambiavalute (m)
[cam-bia-va-lù-te]

兌換
cambiare (v.tr.)
[cam-bià-re]

感恩聖母大教堂
Chiesa di Santa Maria delle Grazie (f)
[chiè-Sa di sàn-ta ma-rìa dél-le grà-zie]
內有達文西〈最後的晚餐〉畫作。

紙鈔
banconota (f)
[ban-co-nò-ta]

自動提款機
sportello Bancomat / ATM (m)
[spor-tèl-lo bàn-co-mat]

這是什麼？
Che cosa è?
[ché cò-sà è]

金融卡
Bancomat (m)
[bàn-co-mat]
可以從帳戶提領現金，並具有可以立即自帳戶扣款的刷卡功能，屬於一種簽帳卡carta di debito [càr-ta di dé-bi-to]。

插入
inserire (v.tr.)
[in-se-rì-re]

確認
confermare (v.tr.)
[con-fer-mà-re]

斯福爾扎城堡
Castello sfrozesco (m)
[ca-stèl-lo sfor-zé-sco]

位於米蘭中心的巨大堡壘，原先是一座堅固難攻的要塞。城堡中設有數座博物館，收藏了各種無價的世界級收藏品。

米蘭國際機場
Aeroporto di Milano–Malpensa (m)
[a-e-ro-pòr-to di mi-là-no mal-pèn-sa]

米蘭最大的國際機場，機場代號MXP。距離市區約50公里，可從中央火車站前搭巴士前往，或由卡多爾納火車站搭機場快線。

米蘭中央火車站
Stazione di Milano Centrale (f)
[sta-zió-ne di mi-là-no cen-trà-le]

艾曼紐二世迴廊
Galleria Vittorio Emanuele II (f)
[gal-le-rì-a vit-tò-rio e-ma-nué-le se-cón-do]

米蘭大教堂
Duomo di Milano (m)
[duò-mo di mi-là-no]

義大利最大的哥德式教堂。一般義大利各城市內都會有自己的主教堂位於市中心的廣場上，主教堂即稱為Duomo。

卡多爾納火車站
Stazione di Milano Cadorna (f)
[sta-zió-ne di mi-là-no ca-dòr-na]

有連接Malpensa機場的火車快線（Malpensa Express），及地鐵紅綠線交會處。

三年展覽館
Triennale di Milano (f)
[tri-en-nà-le di mi-là-no]

成立於西元1997年，專門收藏戰後迄今的設計作品，是米蘭最重要的設計展覽場所之一。

史卡拉歌劇院
Teatro alla Scala (m)
[te-à-tro àl-la scà-la]

於西元1778年啟用至今的世界著名歌劇院，現內亦設有博物館展出歌劇史上的珍貴文物收藏。

米蘭機場
Aeroporto di Milano–Linate (m)
[a-e-ro-pòr-to di mi-là-no li-nà-te]

離米蘭市區較近、多為飛歐洲內陸線的較小國際機場，機場代號LIN。

米蘭國際展覽場
Fiera di Milano (f)
[fiè-ra di mi-là-no]

2005年開始啟用，位於市中心西北方，以商業和貿易展覽為主。每年四月熱鬧滾滾的米蘭家具展Salone Internationale del Mobile di Milano [sa-ló-ne in-ter-na-zio-nà-le dél mò-bi-le di mi-là-no]也是在此。

布雷拉畫廊
Pinacoteca di Brera (f)
[pi-na-co-tè-ca di bré-ra]

為義大利繪畫最重要的收藏地之一，與布雷拉美術學院一同位於布雷拉宮。

Part 1

Gita a Venezia
義大利水都：威尼斯

里奧托橋
Ponte di Rialto (m)
[pón-te di ri-àl-to]
橫跨大運河的三座橋中最宏偉的一座。

潟湖
laguna (f)
[la-gù-na]
威尼斯是由數百個位於潟湖上的島嶼用大大小小的橋所連接成的城市，所以本島上無法開車，只能靠雙腳踏遍大小橋，或乘船行駛在如同馬路的運河中。

聖塔露西亞火車站
Stazione di Venezia Santa Lucia (f)
[sta-zió-ne di ve-nè-zia sàn-ta lu-cì-a]
直達威尼斯島的火車站，而Mestre則是位於威尼斯對面，隔著海的本島火車站。

渡河船
traghétto (m)
[tra-ghét-to]
位於大運河兩岸七個渡船口載客的貢多拉，由二位船伕負責擺渡要過河的人，價錢便宜但搭乘人數多時須同站的。如果狠不下心花大錢乘坐觀光鳳尾貢多拉，也可以搭同樣船型的渡河船過過乾癮。

大運河
Canal Grande (m)
[ca-nàl gràn-de]
貫穿威尼斯的最大運河，沿途可欣賞十二至十八世紀的百多座豪邸，被形容為世界最美的大道。

公共汽船
vaporetto (m)
[va-po-rét-to]

鳳尾貢多拉
gondola (f)
[gón-do-la]
威尼斯舊時的交通工具，現成為觀光客遊覽威尼斯的浪漫工具。

威尼斯雙年展
Biennale di Venezia (f)
[bi-en-nà-le di ve-nè-zia]
從1895年開始的藝術雙年展，目前已經是歐洲最重要的藝術活動之一。

活動盛事
eventi (m.pl.)
[e-vèn-ti]

威尼斯嘉年華
Carnevale di Venezia (m)
[car-ne-và-le di ve-nè-zia]
每年冬天於威尼斯舉辦的重要慶典，為世界三大嘉年華之一。

威尼斯國際影展
Mostra Internazionale d'Arte Cinematografica di Venezia (f)
[mó-stra in-ter-na-zio-nà-le dàr-te ci-ne-ma-to-grà-fi-ca di ve-nè-zia]
每年九月在威尼斯本島東南方的麗都（Lido）島舉行，是世界歷史最悠久的影展，與柏林影展、坎城影展並列國際三大影展。

面具
maschera (f)
[mà-sche-ra]

布拉諾島
Burano
[bu-rà-no]
以製作蕾絲聞名的外島。

慕拉諾島
Murano
[mu-rà-no]
在威尼斯本島北方,以製作玻璃聞名的外島。

玻璃
vetro (m)
[vé-tro]

威尼斯的特殊用語
glossario veneziano
[glos-sà-rio ve-ne-zià-no]
因為威尼斯特殊的潟湖地形,所以有許多與一般城市街道不同的特殊用語。

聖馬可大教堂
Basilica di San Marco (f)
[ba-Sì-li-ca di san màr-co]
當初為了放置偷回來的聖馬可遺體所建造,內有黃金壁畫和十字軍東征時掠奪回來的寶物。

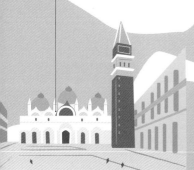

總督宮
Palazzo Ducale (m)
[pa-làz-zo du-cà-le]
威尼斯共和國歷代總督的辦公室和住所,旁邊由嘆息橋連接著監獄。

聖馬可廣場
Piazza San Marco (f)
[piàz-za san màr-co]
由聖馬可大教堂左右側的鐘樓、塔樓,以及三面迴廊所圍繞的大廣場。

嘆息橋
Ponte dei Sospiri (m)
[pón-te déi so-spi-ri]
為從總督府前往監獄時必經的橋,囚犯多在橋上哀嘆將從此不見天日,故名為嘆息橋。

運河
rio (m)
[rì-o]
威尼斯除了大運河稱為canale之外,其他在城市中交錯的176條小河道都稱之為rio。

街道
fondamenta (f)
[fon-da-mén-ta]
專指沿著運河,一邊是運河一邊是房子的道路。

路
calle (m)
[càl-le]
指在威尼斯那些非河道的路,即一般城市中所謂的via。

廣場
campo (m)
[càm-po]
一般城市稱廣場為piazza [piàz-za],威尼斯除聖馬可廣場外,其餘廣場皆稱為campo。

小廣場
campiello (m)
[cam-pièl-lo]

學院美術館
Gallerie dell'Accademia (f.pl.)
[gal-le-rì-e déll' ac-ca-dè-mia]
主要收藏十四至十八世紀威尼斯畫派的藝術作品。館藏包括達文西著名的素描〈維特魯威人〉。

L'aeroporto e la dogana
機場與海關

來杯咖啡嗎，女士？
Vuole un caffè, signora?
[vuò-le un caf-fè si-gnó-ra]

空服員
hostess (f)
[òs-tes]

小窗戶
finestrino (m)
[fi-ne-strì-no]
特指飛機或火車等交通工具座位旁的小窗戶。

安全帶
cintura di sicurezza (f)
[cin-tù-ra di si-cu-réz-za]

繫上
allacciare (v.tr.)
[al-lac-cià-re]

解開
slacciare (v.tr.)
[Slac-cià-re]

座位
posto (m)
[pó-sto]

飛機
aereo (m)
[a-è-re-o]

機艙
cabina (f)
[ca-bì-na]

走道
corridoio (m)
[cor-ri-dó-io]

緊急出口
uscita di emergenza (f)
[u-scì-ta di e-mer-gèn-za]

起飛
decollare (v.intr.)
[de-col-là-re]

降落
atterrare (v.tr.)
[at-ter-rà-re]

免稅商品
prodotti non tassati (m.pl.)
[pro-dót-ti non tas-sà-ti]

救生衣
giubbotto di salvataggio (m)
[giub-bòt-to di sal-va-tàg-gio]

機場
aeroporto (m)
[a-e-ro-pòr-to]

機場航廈
aerostazione (f)
[a-e-ro-sta-zió-ne]

轉機
fare uno scalo
[fa-re uno scà-lo]

登機門
gate
發音與英文相同。

入境
immigrare (v.intr.)
[im-mi-grà-re]

出境
emigrare (v.intr.)
[e-mi-grà-re]

我要現金退稅。
Vorrei il rimborso in contanti.
[vor-rèi il rim-bór-so in con-tàn-ti]

提領行李
ritiro bagagli (m)
[ri-tì-ro ba-gà-gli]

國籍
nazionalità (f)
[na-zio-na-li-tà]

吸菸區
zona fumatori (f)
[zò-na fu-ma-tó-ri]

申報
dichiarare (v.tr.)
[di-chia-rà-re]

關稅
tassa d'importazione (f)
[tàs-sa dim-por-ta-zió-ne]

入境護照檢查處
controllo passaporti (m)
[con-tròl-lo pas-sa-pòr-ti]

登記、check-in
accettazione (f)
[ac-cet-ta-zió-ne]

目的
scopo (m)
[scò-po]

旅遊、觀光
turismo (m)
[tu-rì-Smo]

商務
affare (m)
[af-fà-re]

航空公司
compagnia aerea (f)
[com-pa-gnì-a a-è-re-a]

早安，請出示護照。
Buongiorno. Passaporto, prego.
[buon-giór-no pas-sa-pòr-to prè-go]

機票
biglietto di volo (m)
[bi-gliét-to di vó-lo]

護照
passaporto (m)
[pas-sa-pòr-to]

行李
bagagli (m.pl.)
[ba-gà-gli]

簽證
visto (m)
[vì-sto]

登機證
carta d'imbarco (f)
[càr-ta dim-bàr-co]

托運
consegnare (v.tr.)
[con-se-gnà-re]

手提行李
bagaglio a mano (m)
[ba-gà-glio a mà-no]

Prendere il treno
搭乘火車

這個位子有人坐嗎？
Questo posto è occupato?
[qué-sto pó-sto è oc-cu-pà-to]

搭乘
prendere (v.tr.)
[prèn-de-re]

頭等艙
prima classe (f)
[prì-ma clàs-se]

二等艙
seconda classe (f)
[se-cón-da clàs-se]

車廂
carrozza (f)
[car-ròz-za]

臥舖車廂
vagone letto (m)
[va-gó-ne lèt-to]

餐車
vagone ristorante (m)
[va-gó-ne ri-sto-ràn-te]
提供餐飲的車廂。

時刻表
orario (m)
[o-rà-rio]

抵達
arrivi (m.pl.)
[ar-rì-vi]

出發
partenze (f.pl.)
[par-tèn-ze]

單程
solo andata
[só-lo an-dà-ta]

來回
andata e ritorno
[an-dà-ta e ri-tór-no]

加收費用
supplemento (m)
[sup-ple-mén-to]
搭乘較快速高級的列車時，
常會有一筆加收費用。

車票
biglietto (m)
[bi-gliét-to]

購買
comprare (v.tr.)
[com-prà-re]

預訂
prenotare (v.tr.)
[pre-no-tà-re]

取消
annullare (v.tr.)
[an-nul-là-re]

成人
adulto(a)
[a-dùl-to(a)]

兒童、青少年
ragazzo(a)
[ra-gàz-zo(a)]

嬰孩
bambino(a)
[bam-bì-no(a)]

借過！
Permesso!
[per-més-so]
原意是詢問許可的意思，
可在擁擠的人群中用來請
人讓一下路。

火車誤點。
Il treno è in ritardo.
[il trè-no è in ri-tàr-do]

月台
binario (m)
[bi-nà-rio]

義大利鐵路旗下的高速列車
Frecce (f.pl.)
[fréc-ce]

候車室
sala d'attesa (f)
[sà-la dat-té-sa]

售票處
biglietteria (f)
[bi-gliet-te-rì-a]

或者有時僅寫biglietti也是
代表售票的地方。

歐洲之星快車
EuroStar (m)
[eu-ro-stàr]

簡寫ES。

行李寄放處
deposito bagagli (m)
[de-pò-Si-to ba-gà-gli]

自動售票機
biglietteria
automatica (f)
[bi-gliet-te-rì-a au-to-mà-ti-ca]

城際列車
InterCity (m)
[in-ter-sì-ti]

在義大利大城市間對開的
列車，縮寫IC。

遺失
smarrire (v.tr.)
[Smar-rì-re]

罷工
sciopero (m)
[sciò-pe-ro]

慢車
Treno regionale (m)
[trè-no re-gio-nà-le]

屬於地方性的慢車，縮寫R。

義大利國鐵
Ferrovie dello Stato
[fer-ro-vìe dél-lo stà-to]

縮寫FS。

地鐵
metropolitana (f)
[me-tro-po-li-tà-na]

路面電車
tram (m)
[tràm]

限在路面上走的電車，且上方須架設電線。

電話卡
scheda telefonica (f)
[schè-da te-le-fò-ni-ca]

公共電話
telefono pubblico (m)
[te-lè-fo-no pùb-bli-co]

59.000

SCHEDA TELEFONICA

Lire 10.000

TELECOM

儲值票卡
abbonamento (m)
[ab-bo-na-mén-to]

國際電話卡
carta telefonica internazionale (f)
[càr-ta te-le-fò-ni-ca in-ter-na-zio-nà-le]

L'autobus e il taxi
巴士與計程車

計程車招呼站
fermata del taxi (f)
[fer-mà-ta dél tà-xi]

可以幫我叫計程車嗎？
Mi potrebbe chiamare un taxi?
[mi pot-réb-be chia-mà-re un tà-xi]
在義大利可事先電話叫車，或至固定的計程車招呼站搭車。

打票機
obliteratrice (f)
[o-bli-te-ra-tri-ce]
上公車一定要先記得打印車票，以免被誤會坐霸王車喔！

打票
timbrare (v.tr.)
[tim-brà-re]
在票上打上日期與時間，代表車票已啟用。

書報攤
edicola (f)
[e-dì-co-la]

香菸鋪
tabaccheria (f)
[ta-bac-che-rì-a]
一般的單程公車票都可以在書報攤或香菸鋪買到。

長途巴士
corriera (f)
[cor-riè-ra]

路線
linea (f)
[lì-nea]

出口
uscita (f)
[u-scì-ta]

巴士站
fermata dell'autobus (f)
[fer-mà-ta dél-làu-to-bus]

站牌
fermata (f)
[fer-mà-ta]

排隊
fare la fila
[fà-re la fì-la]

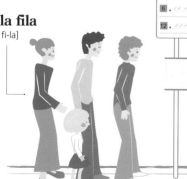

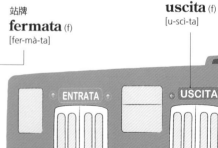

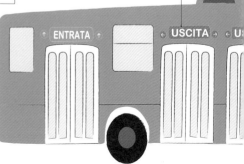

上車
salire (v.intr.)
[sa-lì-re]

下車
scendere (v.intr.)
[scén-de-re]

站著
stare in piedi
[stà-re in piè-di]

坐下
sedere (v.intr.)
[se-dé-re]

紅綠燈
semaforo (m)
[se-mà-fo-ro]

十字路口
incrocio (m)
[in-cró-cio]

壅塞
ingorgo (m)
[in-gór-go]

街道
strada (f)
[strà-da]

空車
libero
[lì-be-ro]

目的地
destinazione (f)
[de-sti-na-zió-ne]

地址
indirizzo (m)
[in-di-rìz-zo]

說、告訴
dire (v.tr.)
[dì-re]

入口
entrata (f)
[en-trà-ta]

我在這裡下車。
Scendo qui.
[scén-do quì]

東
est (m)
[èst]

西
ovest (m)
[ò-vest]

南
sud (m)
[sud]

北
nord (m)
[nòrd]

遠
lontano(a)
[lon-tà-no(a)]

近
vicino(a)
[vi-ci-no(a)]

ENTRATA

生活用語 1　Le parole di tutti i giorni

詢問、方向 informazioni stradali

能否告訴我……
Mi può dire...
[mi pu-ò dì-re]

您可以再說一遍嗎？
Può ripetere?
[pu-ò ri-pè-te-re]

對不起！
Mi scusi!
[mi scù-Si]
禮貌的用語，若與朋友
間可用scusa! [scù-Sa]。

先生
Signore
[si-gnó-re]
對男士的敬稱。

女士
Signora
[si-gnó-ra]
對女士的敬稱。

小姐
Signorina
[si-gno-rì-na]
對未婚或年輕女士的敬稱。

跟著指標走。
Segui le indicazioni.
[sé-gui le in-di-ca-zió-nì]

一直往前。
Sempre diritto.
[sèm-pre di-rìt-to]

在側邊。
Di fianco.
[di fiàn-co]

在前面。
Davanti.
[da-vàn-ti]

在對面。
Di fronte.
[di frón-te]

在這裡。
Ecco qui.
[èc-co quì]

左轉。
A sinistra.
[a si-nì-stra]

在那邊。
Di là.
[di là]

右轉。
A destra.
[a dè-stra]

這附近。
Qui vicino.
[quì vi-cì-no]

哪一條路最近？
Qual è la strada più veloce?
[quà-l è la strà-da pi-ù ve-ló-ce]

這列火車開往哪裡？
Dove va questo treno?
[dó-ve va qué-sto trè-no]

服務台在哪裡？
Dov'è l'ufficio informazioni?
[dó-ve luf-fì-cio in-for-ma-zió-ni]

我不懂。
Non capisco.
[nón ca-pìs-co]

我知道。
Lo so.
[lo so]

我們一起走吧／出發吧！
Andiamo!
[an-dià-mo]

謝謝。
Grazie.
[grà-zie]

Part 2

瘋迷義大利

Gli eventi più popolari in Italia

要融入義大利人生活的最快方式，就
是與他們一起看足球、聊賽車，感同
身受義大利人的狂熱與癡迷。一起來
熱血吧！

Il calcio
足球

足球已經可以說是義大利的國家運
動，幾乎每個城市都有代表球隊，每
年的球季都讓人們瘋狂不已。

義大利加油！
Forza Italia!
[fòr-za i-tà-lia]

（足球隊）支持者
tifoso(a) (m.f.)
[ti-fó-so, a]

球場
campo (m)
[càm-po]

底線
linea di fondo (f)
[lì-nea di fón-do]

球門區
area di porta (f)
[à-re-a di pòr-ta]
指距離球門前及二側球柱各六
碼距離的長方形範圍。

罰球區
area di rigore (f)
[à-re-a di ri-gò-re]
指距離球門前及二側球柱各18碼
距離的長方形範圍。

邊線
linea laterale (f)
[lì-nea la-te-rà-le]

射門
tiro (m)
[tì-ro]

倒掛金鉤球
rovesciata (f)
[ro-ve-scià-ta]
身體騰空單腳過頭射球。

體育場
stadio (m)
[stà-dio]

分數
risultato (m)
[ri-sul-tà-to]
每進對方球門一球及得一分，
比賽時間結束後，得分高的
隊伍獲勝。

撞人
contrasto (m)
[con-trà-sto]

界外球
rimessa laterale (f)
[ri-més-sa la-te-rà-le]

贏
vincere (v.tr.)
[vìn-ce-re]

假動作
finta (f)
[fin-ta]

罰球
punizione (f)
[pu-ni-zió-ne]

輸
perdere (v.tr.)
[pèr-de-re]

換人
sostituzione (f)
[so-sti-tu-zió-ne]

越位
fuorigioco (m)
[fuo-ri-giò-co]
足球規則中，進攻方的球
員如果比對方最後第二位
球員或球更靠近對方底
線，就算越位犯規，此時
對方即獲得間接自由球的
機會。

採訪
intervista (f)
[in-ter-vìs-ta]

犯規
fallo (m)
[fàl-lo]

義大利國家足球隊
azzurri (m.pl.)
[az-zùr-ri]

azzurro是藍色的意思，義大利
國家足球隊的名字來自他們球
衣的顏色。

小盾牌
scudetto (m)
[scu-dét-to]

如果一個足球隊贏得上一季度
的冠軍，在球衣上會縫上一個
繡有義大利國旗的小盾牌。

球隊
squadra (f)
[squà-dra]

教練
allenatore(trice)
[al-le-na-tore, trice]

隊長
capitano (m)
[ca-pi-tà-no]

前鋒
attaccante (m.f.)
[at-tac-càn-te]

裁判
arbitro (m)
[àr-bi-tro]

黃牌
cartellino giallo (m)
[car-tel-lì-no giàl-lo]

比賽進行中，裁判會對犯規的球員出示黃牌表
示警告。一場比賽中球員若被舉黃牌二次就必
須離場。

紅牌
cartellino rosso (m)
[car-tel-lì-no rós-so]

比賽中球員嚴重犯規或被舉二次黃牌，裁判即
可出示紅牌令球員立即離場。球隊將不得替補
球員而須在缺人的狀態下繼續完成比賽。

中場
centrocampista (m.f.)
[cen-tro-cam-pì-sta]

後衛
difensore
[di-fen-só-re]

訓練
allenare (v.tr.)
[al-le-nà-re]

球員
giocatore(trice)
[gio-ca-tore, trice]

每次比賽一隊上場11名球員，
包括一名守門員。

守門員
portiere(a)
[por-tiè-re, a]

進球得分
goal (m)
[gòl]

球
pallone (m)
[pal-ló-ne]

Formula Uno
一級方程式賽車

賽車界速度最快、科技最先進、最昂貴的F1賽車，是義大利僅次於足球的熱門運動話題。尤其目前得過最多冠軍的法拉利車隊（Scuderia Ferrari）更代表著義大利的榮耀。

競賽
gara (f)
[gà-ra]

世界錦標賽
campionato mondiale (m)
[cam-pio-nà-to mon-dià-le]

F1每年度的錦標賽由國際汽車聯盟FIA舉辦。

賽道
circuito (m)
[cir-cùi-to]

F1賽車有傳統常年使用的賽道，大部份是以固定路線繞圈的封閉專用賽道，少部份也有市街賽道。

賽季
stagione (f)
[sta-gió-ne]

一個年度的賽季是由十幾個分站的大獎賽組成，累計積分冠軍即是年度總冠軍。

大獎賽
Gran Premio (m)
[gran prè-mio]

指季賽裡面的一個分站賽次，縮寫GP。大部份以賽道所在地來命名，例如義大利大獎賽即是固定在義大利蒙扎（Monza）城市的賽道舉辦。

自由練習賽
prova libera (f)
[prò-va lì-be-ra]

比賽前對於車道的熟悉練習，時間為90分鐘。車隊至多二輛賽車，不限制車手人選。

排位賽
qualifica (f)
[qua-li-fi-ca]

正式比賽前舉行，依速度排名正式比賽的發車順位。

最後一圈！
Ultimo giro!
[ùl-ti-mo gi-ro]

方格旗
bandiera a scacchi (f)
[ban-diè-ra a scàc-chi]

自由練習賽或排位賽時揮舞，代表時間到賽程結束。正式比賽時，依序向抵達終點的車手揮舞，代表比賽結束。

車手
pilota (m)
[pi-lò-ta]

每場大獎賽依排名順序獲得高低不同的積分，未完成賽事者不計算積分。年度賽事累計積分最高者為總冠軍車手。

法拉利
Ferrari (f)
[fer-rà-ri]

Formula 1

供應商
fornitore(trice)
[for-ni-tó-re, tri-ce]

贊助商
sponsor (m)
[spòn-sor]

車隊
scuderia (f)
[scu-de-rì-a]

比賽時每支車隊最多只能
使用二輛賽車。每場比賽
中只有得分最高的車手的
積分被記入車隊積分，年
度總積分最高車隊即可獲
得總冠軍車隊頭銜。

賽車
vettura (f)
[vet-tù-ra]

F1賽車有嚴格的製造規定，必須
是敞開式的單座四輪，而為了減
少風阻、降低重心、增加過彎速
度等研發設計出的F1專用賽車，
並非一般市售跑車可比擬的。

紀錄
record (m)
[rè-cord]

初次比賽
esordio (m)
[e-Sòr-dio]

車手生涯的第一次比賽。

桿位／頭位
pole position (f)
[pol-pozi-Sn]

外來語，縮寫PP。根據排位
賽成績最優者可獲得比賽中
出發的第一位置。

勝利
vittoria (f)
[vit-tò-ria]

Numero di vittorie代表
奪冠次數。

喝采
tifare (v.intr.)
[ti-fà-re]

冠軍
Campione(essa)
[cam-pió-ne, essa]

領獎台
podio (m)
[pò-dio]

Maggior numero di podi即擁
有最多的上台領獎次數。

單圈最快
giro veloce (m)
[gi-ro ve-ló-ce]

封閉賽道內，單圈最快的速
度。在每場賽事中亦是一項榮
譽紀錄。

積分
punti (m.pl.)
[pùn-ti]

Punti ottenuti即賽車手的生涯累
計積分。

最優成績
miglior risultato (m)
[mi-gliór ri-sul-tà-to]

引擎
motore (m)
[mo-tó-re]

現今設計的引擎為了要減
輕重量增加速度，大多跑
完二場賽事就報銷了。

方向盤
volante (m)
[vo-làn-te]

加速器
acceleratore (m)
[ac-ce-le-ra-tó-re]

油門踏板pedale acceleratore
[pe-dà-le ac-ce-le-ra-tó-re]。

剎車器
freno (m)
[fré-no]

手煞車freno a mano [fré-no a
mà-no]；剎車踏板pedale del
freno [pe-dà-le dél fré-no]。

輪胎
pneumatico (m)
[pneu-mà-ti-co]

比賽時由指定輪胎廠商提供所
有車隊相同規格和材質的輪
胎。賽程中每位車手有14套輪
胎可供更換使用。

車輪
ruota (f)
[ruò-ta]

L'opera
歌劇

義大利歌劇起始於文藝復興時期之後，是一種以歌唱和音樂表達劇情的戲劇，有固定的曲式，一直至十八世紀都仍風行於全歐洲。義大利著名的本土作曲家包括普契尼（Puccini）和威爾第（Verdi）等。

劇院
teatro (m)
[te-à-tro]

大廳
sala (f)
[sà-la]
指整個劇院廳。

樓廳座位
posto in galleria (m)
[pó-sto in gal-le-rì-a]
位於樓上包廂區塊的座位。

正廳
platea (f)
[pla-tè-a]
面對舞台一樓的座位區域。

正廳座位
poltrona (f)
[pol-tró-na]
劇院或戲院正廳的座位，位置較好、價錢通常也較高。扶手椅也同樣稱之。

頂層樓座
loggione (m)
[log-gió-ne]
離舞台最遠，最便宜的座位。

預約席
posto prenotato (m)
[pó-sto pre-no-tà-to]

舞台
palcoscenico (m)
[pal-co-scè-ni-co]

合唱
coro (m)
[cò-ro]

歌劇詞本
libretto (m)
[li-brét-to]

抒情的
lirico(a)
[li-ri-co, a]

正歌劇
opera seria (f)
[ò-pe-ra sè-ria]
流行於十七世紀，多為歷史傳奇故事不含喜劇內容的三幕式歌劇，由宣敘調敘述情節搭配對事件評論的詠嘆調組成，如《茶花女》La Traviata [la tra-vi-à-ta]、《弄臣》Rigoletto [ri-go-lét-to]等歌劇。

喜歌劇
opera buffa (f)
[ò-pe-ra bùf-fa]
幽默諷刺的劇情，大多只有二幕。不似正歌劇般華麗和過分強調演唱者技巧。

悲劇
tragedia (f)
[tra-gè-dia]

宣敘調
recitativo (m)
[re-ci-ta-tì-vo]
主要是用於交代劇情的對話，屬於吟唱性曲調，相對於詠嘆調，較像以朗誦的方式敘述對白。

詠嘆調
aria (f)
[à-ria]
主要為表達角色感情，多為展現唱腔具挑戰性的獨唱曲。帕華洛帝於義大利世界盃的經典金曲「公主徹夜未眠」Nessun dorma [nes-sùn dòr-ma] 就是屬於《杜蘭朵》Turandot劇中的詠嘆調。

觀眾
spettatore(trice)
[spet-ta-tó-re, tri-ce]

有站票嗎?
Ci sono posti in piedi?
[ci só-no pó-sti in piè-di]

雙筒望遠鏡
binocolo (m)
[bi-nò-co-lo]

表演、節目
spettacolo (m)
[spet-tà-co-lo]

音樂
musica (f)
[mù-si-ca]

舞蹈
danza (f)
[dàn-za]

真棒、安可
bravo(a)
[brà-vo, a]

複數形為bravi [brà-vi]。

音樂會
concerto (m)
[con-cèr-to]

芭蕾
balletto (m)
[bal-lét-to]

口哨
fischio (m)
[fì-schio]

表演時若被觀眾吹口哨,
表示表演得不好,等同是
觀眾的噓聲。

演奏會
esecuzione (f)
[e-Se-cu-zió-ne]

跳舞
ballare (v.intr.)
[bal-là-re]

作曲家
compositore(trice)
[com-po-Si-to-re, tri-ce]

管絃樂團
orchestra (f)
[or-chè-stra]

歌劇演員
cantante lirico(a)
[can-tàn-te lì-ri-co, a]

演奏
suonare (v.tr.)
[suo-nà-re]

指揮
direttore(trice)
[di-ret-to-re, tri-ce]

男高音
tenore (m)
[te-nó-re]

小提琴
violino (m)
[vio-lì-no]

男中音
baritono (m)
[ba-rì-to-no]

女低音
contralto (m)
[con-tràl-to]

大提琴
violoncello (m)
[vio-lon-cèl-lo]

男低音
basso (m)
[bàs-so]

女高音
soprano (m.f.)
[so-prà-no]

鋼琴
pianoforte (m)
[pia-no-fòr-te]

女中音
mezzosoprano (m.f.)
[meZ-Zo-so-prà-no]

La chiesa cattolica
天主教

義大利全國95%以上的人口都信仰天
主教，還有不少因宗教而訂的國定假
日，所以耶穌的故事不能不知道。

religione (f)
宗教
[re-li-gió-ne]

Dio
神、上帝
[di-o]

Papa (m)
教宗
[pà-pa]

天主教會的最高領袖，而天
主教是基督宗教的最大分
支，亦稱羅馬天主教會。

conclave (m)
教宗選舉
[con-clà-ve]

教宗過世後，須經由樞機
主教團il collegio cardinalizio
[il col-lè-gio car-di-na-li-zio]
於西斯汀禮拜堂舉行會議
選出新的教宗。

cardinale (m)
樞機主教
[car-di-nà-le]

由教宗親自冊封，包括羅
馬主教區和世界各地教區
的總主教，目前約100多
人。因須著著紅衣戴紅帽，
故又稱紅衣主教。

arcivescovo (m)
大主教
[ar-ci-vé-sco-vo]

vescovo (m)
主教
[vé-sco-vo]

Bibbia (f)
聖經
[Bìb-bia]

新約聖經記載著耶穌的
事蹟，是基督教的宗教
經典。

pregare (v.tr.)
禱告
[pre-gà-re]

crocifissione (f)
釘十字架的刑罰
[cro-ci-fis-sió-ne]

Gesù
耶穌
[ge-Sù]

Trinità (f)
三位一體
[tri-ni-tà]

傳統的教義之一，神是存
在於聖父、聖子、聖神三
種位格中。教堂多分為三
個門，內部空間也是分主
殿和兩側翼廊代表三位一
體的概念。

annunciazione (f)
天使報喜
[an-nun-cia-zió-ne]

三月25日天使來告知聖母受
胎，是聖經中有名的故事，
常被當作入畫的題材。

chiesa (f)
教堂
[chiè-Sa]

apostoli (m.pl.)
門徒
[a-pò-sto-li]

指耶穌親自選出的十二位
使徒，要求跟隨在耶穌身
邊，負有於耶穌死後繼續
去傳道的使命。

ultima cena (f)
最後的晚餐
[ùl-ti-ma cé-na]

耶穌與其十二門徒於猶太
人的逾越節共進晚餐，後
被出賣導致遭圍捕，連夜
受審被判死刑釘於十字架
上，故稱此次晚餐為「最
後的晚餐」。

cattedrale (f)
大教堂
[cat-te-drà-le]

節日
festa (f)
[fè-sta]

聖誕快樂！
Buon Natale!
[buòn na-tà-le]

聖誕節
Natale (m)
[na-tà-le]

耶穌誕生日，是義大利最
重要的宗教節日。前一天
的晚上則稱為平安夜vigilia
di Natale [vi-gi-lia di na-tà-
le]。

耶穌誕生
nascita di Gesù (f)
[nà-sci-ta di ge-Sù]

耶穌於十二月25日誕生。

彌撒
messa (f)
[més-sa]

平安夜義大利人多會去教
堂參加子夜彌撒。

馬槽
presepe (m)
[pre-Sè-pe]

佈置耶穌基督誕生的馬槽，
是十二月份的應景活動，很
多地方甚至還會舉辦馬槽的
佈置比賽呢！

黃金麵包
pandoro (m)
[pan-dò-ro]

義大利在聖誕節慶愛吃的
甜點，特殊的八角形灑上
白糖霜，有點像被白雪覆
蓋的聖誕樹。

聖誕大麵包
panettone (m)
[pa-net-tó-ne]

聖誕節必備的甜點之一，
含有葡萄乾等內餡。

聖母升天
Assunzione di Maria
[as-sun-zió-ne di ma-rìa]

八月15日紀念聖母瑪利亞
升天的日子，也是義大利的
國定假日，又稱為八月節
Ferragosto [fer-ra-gó-sto]。

聖母
Madonna (f)
[ma-dòn-na]

耶穌的母親，亦稱「聖母
瑪利亞」Vergine Maria [vér-
gi-ne ma-ria]。

復活節
Pasqua (f)
[Pà-squa]

耶穌被釘在十字架三天後復活的日子，
在每年春分月圓之後的第一個星期日，
介於三月底至四月初之間，是義大利重
要的宗教節日，也是國定假日。

復活節蛋糕
colomba pasquale (f)
[co-lóm-ba pa-squà-le]

義大利人慶祝復活節時的一種
鴿子形狀的蛋糕。

多棒的一天！
Che giornata!
[che gior-nà-ta]

問候、招呼語 salutare

嗨、再見！
Ciao!
[cià-o]

明天見！
A domani!
[a do-mà-ni]

再見！
Arrivederci!
[ar-ri-ve-dér-ci]

待會見！
A dopo!
[a dó-po]

你好嗎？
Come stai?
[có-me stà-i]
比較禮貌的說法為 Come sta?
也可以用Come va? 來表示詢
問你好嗎？

非常好。
Molto bene.
[mól-to bè-ne]

還不壞。
Non c'è male.
[nón cè mà-le]

馬馬虎虎。
Così così.
[co-sì co-sì]

還是老樣子。
Come sempre.
[có-me sèm-pre]

晚安。
Buonanotte.
[buo-na-nòt-te]
睡前説的。

日安 。
Buongiorno.
[buon-giór-no]
義大利人白天見面打招呼的
用語。通常義大利人進入商
店時，也都會先向店家打一
聲招呼buongiorno。

晚安。
Buonasera.
[buo-na-sé-ra]
晚上見面的打招呼用語。

請。
Per favore.
[pér fa-vó-re]

不客氣。
Prego.
[prè-go]

沒關係。
Di niente.
[di nièn-te]

祝福你！
Auguri!
[au-gù-ri]
對過生日的人也可以
説tanti auguri [tàn-ti
au-gù-ri] 表示祝福。

非常感謝。
Grazie tante.
[grà-zie tàn-te]

我很抱歉。
Mi dispiace.
[mi di-spià-ce]

幫我向Anna問好。
Salutami Anna.
[sa-lù-ta-mi àn-na]

我要走了。
Me ne vado.
[mé né và-do]

旅途愉快。
Buon viaggio.
[buòn vi-àg-gio]

祝你好運。
Buona fortuna.
[buò-na for-tù-na]

Part 3

時尚義大利
La moda e la bellezza

義大利的精品時尚享譽全球，每年冬
夏兩季的折扣價格無不令人心動，選
對時間走一趟米蘭，總能收穫滿滿。

Far compere
逛街

建築物
edificio (m)
[e-di-fi-cio]

街燈、路燈
lampione (m)
[lam-pió-ne]

服飾店
negozio di abbigliamento (m)
[ne-gò-zio di ab-bi-glia-mén-to]

商店
negozio (m)
[ne-gò-zio]

運動用品店
negozio di articoli sportivi (m)
[ne-gò-zio di ar-tì-co-li spor-tì-vi]

冰淇淋店
gelateria (f)
[ge-la-te-rì-a]

糕餅店
pasticceria (f)
[pa-stic-ce-rì-a]

珠寶店
gioielleria (f)
[gio-iel-le-rì-a]

洗衣店
lavanderia (f)
[la-van-de-rì-a]

鐘錶行
orologeria (f)
[o-ro-lo-ge-rì-a]

花店
fioraio (m)
[fio-rà-io]

葡萄酒店
enoteca (f)
[e-no-tè-ca]

眼鏡行
ottico (m)
[òt-ti-co]

玩具行
negozio di giocattoli (m)
[ne-gò-zio di gio-càt-to-li]

書店
libreria (f)
[li-bre-rì-a]

樂器行
negozio di strumenti musicali (m)
[ne-gò-zio di stru-mén-ti mu-Si-cà-li]

文具店
cartoleria (f)
[car-to-le-rì-a]

店鋪
bottega (f)
[bot-té-ga]
泛指一般一樓做生
意的店面。

街道
strada (f)
[strà-da]

樹
albero (m)
[àl-be-ro]

人行道
marciapiede (m)
[mar-cia-piè-de]

你有空嗎？
Hai tempo?
[hai tèm-po]

鞋店、修鞋店
calzoleria (f)
[cal-zo-le-rì-a]

肉店
macelleria (f)
[ma-cel-le-rì-a]

日常食品店
**negozio di
alimentari** (m)
[ne-gò-zio di a-li-men-tà-ri]

郵局
posta (f)
[pò-sta]

百貨公司
grande magazzino (m)
[gràn-de ma-gaZ-Zi-no]

購物中心
centro commerciale (m)
[cèn-tro com-mer-cià-le]

超市
supermercato (m)
[su-per-mer-cà-to]

市場
mercato (m)
[mer-cà-to]

販售、賣
vendere (v.tr.)
[vén-de-re]

Acquistare i vestiti
買衣服

試衣間
camerino (m)
[ca-me-rì-no]

店員
commess
[com-més-s   ]

穿
vestire (v.tr.)
[ve-stì-re]

袋子
sacchetto (m)
[sac-chét-to]

結帳櫃檯
cassa (f)
[càs-sa]

您穿幾號？
Che misura porta?
[che mi-Sù-ra pòr-ta]

價格
prezzo (m)
[prèz-zo]

付錢
pagare (v.tr.)
[pa-gà-re]

發票
fattura (f)
[fat-tù-ra]

收據
ricevuta (f)
[ri-ce-vù-ta]

也可以說成scontrino
[scon-trì-no]。

退還
restituire (v.tr.)
[re-sti-tu-i-re]

贈品
omaggio (m)
[o-màg-gio]

尺寸
misura (f)
[mi-Sù-ra]

打折
sconto (m)
[scón-to]

特價
saldi (m.pl.)
[sàl-di]

Sconto

衣架
gruccia (f)
[grùc-cia]

櫥窗
vetrina (f)
[ve-trì-na]

全賣完了
tutto esaurito
[tùt-to e-Sau-rì-to]

找
cercare (v.tr.)
[cer-cà-re]

零碼
ultime taglie (f.pl.)
[ùl-ti-me tà-glie]

我只是看看。
Sto solo guardando.
[sto só-lo guar-dàn-do]

我要這個。
Prendo questo(a)**.**
[prèn-do qué-sto, a]

我可以試穿嗎？
Posso provarlo(a)**?**
[pos-so pro-vàr-lo, a]

您在找什麼商品嗎？
Cerca qualcosa in particolare?
[cér-ca qual-cò-sa in par-ti-co-là-re]

纖維
fibra (f)
[fì-bra]

緞
raso (m)
[rà-so]

棉
cotone (m)
[co-tó-ne]

亞麻
lino (m)
[lì-no]

布
tessuto (m)
[tes-sù-to]

聚酯纖維
poliestere (m)
[po-li-è-ste-re]

絲
seta (f)
[sé-ta]

羊毛
lana (f)
[là-na]

絲絨
velluto (m)
[vel-lù-to]

L'abbigliamento
服裝

外套、夾克
giacca (f)
[giàc-ca]
一般外套、夾克都可稱之，
包括西裝外套也一樣。

風衣、雨衣
impermeabile (m)
[im-per-me-à-bi-le]

襯衫
camicia (f)
[ca-mì-cia]

背心
gilet (m)
[gi-lé]
來自法文的外來語，指穿
在襯衫外面沒有袖子的貼
身衣服。

短袖
manica corta (f)
[mà-ni-ca cór-ta]

長袖
manica lunga (f)
[mà-ni-ca lùn-ga]

八分袖
manica tre-quarti (f)
[mà-ni-ca tré-quàr-ti]

胸罩
reggiseno (m)
[reg-gi-sé-no]

丁字褲
perizoma (m)
[pe-ri-Zò-ma]

內褲
mutanda (f)
[mu-tàn-da]

長外套
cappotto (m)
[cap-pòt-to]

口袋
tasca (f)
[tà-sca]

鈕扣
bottone (m)
[bot-tó-ne]

西裝
abito (m)
[à-bi-to]
指包括外套和褲子一整套的西裝。
abito da sposa [à-bi-to da spó-sa] 指新
娘的結婚禮服，abito da sera [à-bi-to
da sé-ra] 指女性於晚宴時正式的長晚
禮服。

斗篷
mantello (m)
[man-tèl-lo]

標籤
etichetta (f)
[e-ti-chét-ta]

手洗
lavare a mano
[la-và-re a mà-no]

乾洗
lavare a secco
[la-và-re a séc-co]

不能燙
non stirare
[nón sti-rà-re]

不能脫水
non centrifugare
[nón cen-tri-fu-gà-re]

蕾絲、花邊
merletto (m)
[mer-lét-to]

裙子
gonna (f)
[gòn-na]

百褶裙
gonna a pieghe (f)
[gòn-na a piè-ghe]

長褲
pantaloni (m.pl.)
[pan-ta-ló-ni]
因褲子有二隻褲管，所以
都要用複數形。

牛仔褲
jeans (m)
外來語。發音跟英文相同。

短褲、熱褲
pantaloncini (m.pl.)
[pan-ta-lon-cì-ni]

厚毛衣
maglione (m)
[ma-glió-ne]
指多穿於襯衫之外
比較厚的毛衣。

高翻領毛衣
dolcevita (m)
[dol-ce-vì-ta]

拉鍊
chiusura lampo (f)
[chiu-sù-ra làm-po]

迷你裙
minigonna (f)
[mi-ni-gòn-na]

V領
scollo a V (m)
[scòl-lo a vu]

短衫
maglietta (f)
[ma-gliét-ta]
指短袖的輕薄毛衣
或棉質衫。

上衣
maglia (f)
[mà-glia]

maglia di lana [mà-glia di là-na] 指毛衣，而 maglia di cotone [mà-glia di cotóne] 則指棉質上衣。

圓領
scollo tondo (m)
[scòl-lo tón-do]

方領
scollo imperiale (m)
[scòl-lo im-pe-rià-le]

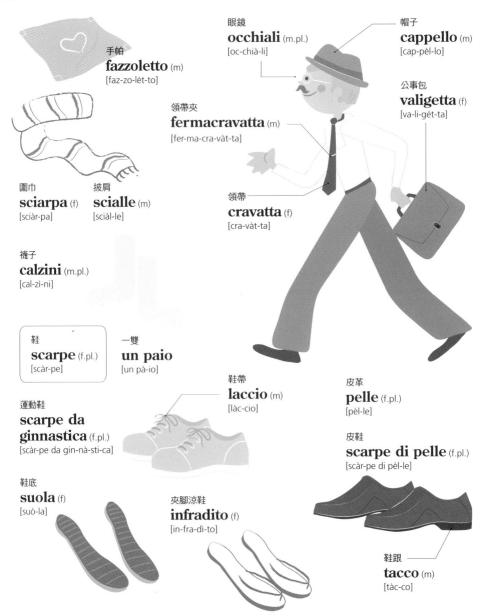

Gli accessori
衣飾配件

手帕
fazzoletto (m)
[faz-zo-lét-to]

眼鏡
occhiali (m.pl.)
[oc-chià-li]

帽子
cappello (m)
[cap-pèl-lo]

公事包
valigetta (f)
[va-li-gét-ta]

領帶夾
fermacravatta (m)
[fer-ma-cra-vàt-ta]

圍巾
sciarpa (f)
[sciàr-pa]

披肩
scialle (m)
[sciàl-le]

領帶
cravatta (f)
[cra-vàt-ta]

襪子
calzini (m.pl.)
[cal-zì-ni]

鞋
scarpe (f.pl.)
[scàr-pe]

一雙
un paio
[un pà-io]

鞋帶
laccio (m)
[làc-cio]

皮革
pelle (f.pl.)
[pèl-le]

運動鞋
scarpe da ginnastica (f.pl.)
[scàr-pe da gin-nà-sti-ca]

皮鞋
scarpe di pelle (f.pl.)
[scàr-pe di pèl-le]

鞋底
suola (f)
[suò-la]

夾腳涼鞋
infradito (f)
[in-fra-dì-to]

鞋跟
tacco (m)
[tàc-co]

珠寶
gioiello (m)
[gio-ièl-lo]

白金
platino (m)
[plà-ti-no]

銀
argento (m)
[ar-gèn-to]

黃金
oro (m)
[ò-ro]

鑽石
diamante (m)
[dia-màn-te]

包包、袋子
borsa (f)
[bór-sa]

錢包
borsellino (m)
[bor-sel-li-no]

手提包
borsetta (f)
[bor-sét-ta]

指女用的較正式的小手提
包或肩背包，只放錢和個
人用品。

皮夾
portafoglio (m)
[por-ta-fò-glio]

胸針
spilla (f)
[spìl-la]

手鐲
braccialetto (m)
[brac-cia-lét-to]

耳環
orecchini (m.pl.)
[o-rec-chì-ni]

戒指
anello (m)
[a-nèl-lo]

項鍊
collana (f)
[col-là-na]

長靴
stivali (m.pl.)
[sti-và-li]

圓頭鞋
ballerine (f.pl.)
[bal-le-rì-ne]

短靴
stivaletti (m.pl.)
[sti-va-lét-ti]

手套
guanti (m.pl.)
[guàn-ti]

涼鞋
sandali (m.pl.)
[sàn-da-li]

Provare e scegliere
試穿與挑選

我很喜歡！
Mi piace molto!
[mi pià-ce mól-to]

我不喜歡！
A me non piace!
[a me nón pià-ce]

袖子
manica (f)
[mà-ni-ca]

領子
collo (m)
[còl-lo]

褲檔
cavallo (m)
[ca-vàl-lo]

臀圍
giro fianchi (m)
[gì-ro fiàn-chi]

尺碼
numero (m)
[nù-me-ro]
鞋子的。

號碼
taglia (f)
[tà-glia]
衣服的。

腰圍
giro vita (m)
[gì-ro vì-ta]

胸圍
giro petto (m)
[gì-ro pèt-to]

有大一號的尺寸嗎？
Ha una taglia in più?
[ha ù-na tà-glia in più]

一樣的、同樣的
lo stesso
[lo stés-so]

太小
troppo piccolo(a)
[tròp-po pìc-co-lo, a]

太大
troppo grande
[tròp-po gràn-de]

長
lungo(a)
[lùn-go, a]

短
corto(a)
[cór-to, a]

鬆
largo(a)
[làr-go]

緊
stretto(a)
[strét-to, a]

改短
accorciare (v.tr.)
[ac-cor-cià-re]

剛剛好
giusto(a)
[giù-sto, a]

太透明
troppo trasparente
[tròp-po tra-spa-rèn-te]

太低胸
troppo scollato(a)
[tròp-po scol-là-to, a]

這個不適合我！
Non mi sta bene!
[nón mi sta bè-ne]

穿上
mettere (v.tr.)
[mét-te-re]

脫下
togliere (v.tr.)
[tò-glie-re]

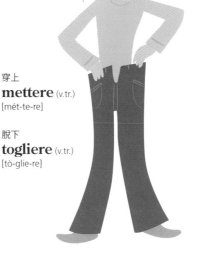

顏色
colore (m)
[co-ló-re]

紅
rosso(a)
[rós-so, a]

灰色
grigio(a)
[grì-gio, a]

藍
azzurro(a)
[aZ-Zùr-ro, a]

黑
nero(a)
[né-ro, a]

白
bianco(a)
[biàn-co, a]

咖啡色
marrone
[mar-ró-ne]

黃色
giallo(a)
[giàl-lo, a]

紫色
viola
[vi-ò-la]

綠
verde
[vér-de]

Cosmetici e cura della pelle
化妝與保養

化妝品
trucchi (m.pl.)
[trùc-chi]

遮瑕
correttore (m)
[cor-ret-tó-re]

眼線筆
**matita
per occhi** (f)
[ma-tì-ta pér òc-chi]

粉底
fondotinta (m)
[fon-do-tìn-ta]

粉餅
**cipria
compatta** (f)
[ci-pria com-pàt-ta]

腮紅
fard (m)
[far]

眼影
ombretto (m)
[om-brét-to]

睫毛膏
mascara (m)
[ma-scà-ra]

口紅
rossetto (m)
[ros-sét-to]

唇蜜
lucidalabbra (m)
[lu-ci-da-làb-bra]

卸妝
struccare (v.tr.)
[struc-cà-re]

眉筆
**matita per
sopracciglia** (f)
[ma-tì-ta pér so-prac-cì-glia]

香水
profumo (m)
[pro-fù-mo]

指甲油
smalto (m)
[Smàl-to]

保養品
prodotti di bellezza (m.pl.)
[pro-dót-ti di bel-léz-za]

身體乳液
crema corpo (f)
[crè-ma còr-po]

哪個牌子比較推薦？
Quale marchio mi consiglia?
[quà-le màr-chio mi con-sì-glia]

晚霜
crema notte (f)
[crè-ma nòt-te]

日霜
crema giorno (f)
[crè-ma giór-no]

化妝水
tonico (m)
[tò-ni-co]

保濕的
idratante
[i-dra-tàn-te]

乳液
lozione (f)
[lo-zió-ne]

防曬
protezione solare (f)
[pro-te-zió-ne so-là-re]

助曬的
abbronzante
[ab-bron-Zàn-te]

義大利人喜歡把皮膚曬成
健康的古銅色，所以會有
這類幫助曬黑的產品。

沐浴乳
bagnoschiuma (m)
[ba-gno-schiù-ma]

洗面乳
detergente per viso (m)
[de-ter-gèn-te pér vì-So]

面膜
maschera (f)
[mà-sche-ra]

Al salone di bellezza
美髮沙龍

Part 3

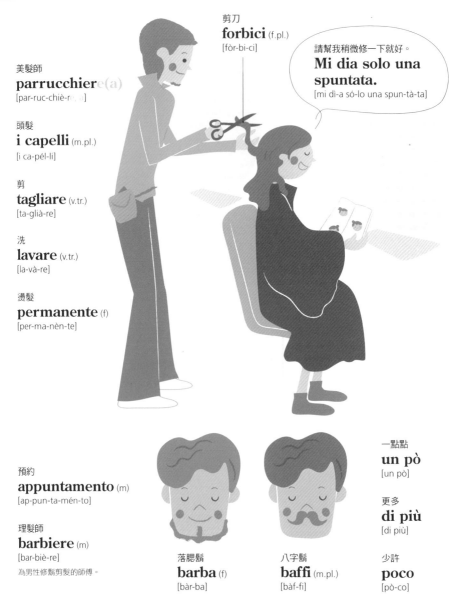

剪刀
forbici (f.pl.)
[fòr-bi-ci]

請幫我稍微修一下就好。
Mi dia solo una spuntata.
[mi dì-a só-lo una spun-tà-ta]

美髮師
parrucchiere(a)
[par-ruc-chiè-re, a]

頭髮
i capelli (m.pl.)
[i ca-pél-li]

剪
tagliare (v.tr.)
[ta-glià-re]

洗
lavare (v.tr.)
[la-và-re]

燙髮
permanente (f)
[per-ma-nèn-te]

預約
appuntamento (m)
[ap-pun-ta-mén-to]

理髮師
barbiere (m)
[bar-biè-re]
為男性修鬍剪髮的師傅。

落腮鬍
barba (f)
[bàr-ba]

八字鬍
baffi (m.pl.)
[bàf-fi]

一點點
un pò
[un pò]

更多
di più
[di più]

少許
poco
[pò-co]

髮型
acconciatura (f)
[ac-con-cia-tù-ra]

直的
lisci(sce) (pl.)
[lì-sci, sce]

捲的
ricci(e) (pl.)
[rìc-ci, ce]

柔軟的
morbidi(e) (pl.)
[mòr-bi-di, de]

馬尾
coda (f)
[có-da]

波浪的
ondulati(e) (pl.)
[on-du-là-ti, te]

瀏海
frangetta (f)
[fran-gét-ta]

染髮
tingere (v.tr.)
[tìn-ge-re]

淡色的
chiaro(a)
[chià-ro, ra]

深色的
scuro(a)
[scù-ro, ra]

吹風機
asciugacapelli (m)
[a-sciu-ga-ca-pél-li]

梳子
pettine (m)
[pèt-ti-ne]

髮膠
gel (m)
[gèl]

乾性髮質
capelli secchi (m.pl.)
[ca-pél-li séc-chi]

油性髮質
capelli grassi (m.pl.)
[ca-pél-li gràs-si]

頭皮屑
forfora (f)
[fór-fo-ra]

洗髮乳
sciampo (m)
[sciàm-po]

護髮乳
balsamo (m)
[bàl-sa-mo]

發問、回答 domandare / rispondere

有沒有折扣？
C'è lo sconto?
[cè lo scón-to]

多少錢？
Quanto costa?
[quàn-to cò-sta]

何時？
Quando?
[quàn-do]

多少？
Quanto?
[quàn-to]
問數量。

決定了嗎？
Ha deciso?
[ha de-cì-so]

我可以嗎？
Posso?
[pòs-so]

真的嗎？
Veramente?
[ve-ra-mén-te]

您需要什麼？
Desidera?
[de-Sì-de-ra]

哪一個？
Quale?
[quà-le]

如何？
Come?
[có-me]

誰？
Chi?
[chì]

為什麼？
Perché?
[per-ché]

哪裡？
Dove?
[dó-ve]
問地點。

什麼？
Che cosa?
[ché cò-sa]
指東西。

沒問題。
Non c'è problema.
[nón cè pro-blè-ma]

我也是。
Anche io.
[àn-che io]

沒錯！
Esatto!
[e-Sàt-to]

好的。
Va bene.
[va bè-ne]

輪到我。
Tocca a me.
[tóc-ca a mé]

同意。
D'accordo.
[dac-còr-do]

不可能。
Non è possibile.
[nón è pos-sì-bi-le]

當然。
Certo.
[cèr-to]
表示同意、沒問題。

最好不要。
Meglio di no.
[mè-glio di no]

隨你喜歡。
Come preferisce.
[có-me pre-fe-rì-sce]

就這樣吧！這樣做吧！
Facciamo così!
[fac-cià-mo co-sì]

或許。
Forse.
[fór-se]

差不多。
Più o meno.
[più o mé-no]

總是這樣。
Sempre così.
[sèm-pre co-sì]

文化義大利
In contatto con la cultura italiana

生活在古羅馬帝國的偉大建築遺
跡中，享受著天主教文化造就的
珍貴藝術，義大利人與生俱來的
美感就藏身在這些文化中。

Al museo o alla pinacoteca
參觀博物館或美術館

售票員
bigliettaio(a)
[bi-gliet-tà-io, a]

排在隊伍中
in fila
[in fì-la]

窗口
sportello (m)
[spor-tèl-lo]

票價
tariffa (f)
[ta-rìf-fa]

動線
percorso (m)
[per-còr-so]

入口
ingresso (m)
[in-grès-so]

展覽
mostra (f)
[mó-stra]

預訂
prenotazione (f)
[pre-no-ta-zió-ne]

義大利許多著名的博物館或美
術館入館買票的隊伍都很長，
所以會提供事先電話或上網預
訂門票，減少參觀當日排隊買
票的時間。

事先
in anticipo
[in an-tì-ci-po]

等待
attendere (v.tr.)
[at-tèn-de-re]

參觀
visitare (v.tr.)
[vi-si-tà-re]

租用
noleggiare (v.tr.)
[no-leg-già-re]

語音導覽
audioguida (f)
[àu-dio-gui-da]

歸還
restituire (v.tr.)
[re-sti-tu-ì-re]

展廳
sala (f)
[sà-la]

陳列室
galleria (f)
[gal-le-rì-a]

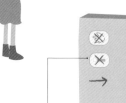

禁止吸菸
vietato fumare
[vie-tà-to fu-mà-re]

禁止觸摸
vietato toccare
[vie-tà-to toc-cà-re]

收藏
collezione (f)
[col-le-zió-ne]

素描、草圖
schizzo (m)
[schìz-zo]

油畫
pittura a olio (f)
[pit-tù-ra a ò-lio]

印象派
impressionismo (m)
[im-pres-sio-nì-Smo]

陶瓷
ceramica (f)
[ce-rà-mi-ca]

水彩畫
acquerello (m)
[ac-que-rèl-lo]

抽象派
astrattismo (m)
[a-strat-tì-Smo]

雕刻
intaglio (m)
[in-tà-glio]

欣賞
ammirare (v.tr.)
[am-mi-rà-re]

修復
restauro (m)
[re-stàu-ro]
藝術品受損的時候，可以
找修復師restauratore [re-
stau-ra-tó-re] 。

紀念品
souvenir (m)
[suv-nìr]

複製品
riproduzione (f)
[ri-pro-du-zió-ne]

小手冊
opuscolo (m)
[o-pù-sco-lo]

解說
spiegazione (f)
[spie-ga-zió-ne]

藝術家
artista (m.f.)
[ar-tì-sta]

認為是某人的創作
attribuire (v.tr.)
[at-tri-bu-i-re]

In chiesa
參觀教堂

為了要讓民眾可以了解聖經內容、尊崇上帝，教會都聘請當時著名的工匠來裝飾教堂，因此教堂的收藏往往不輸給博物館。

正面（建物）
facciata (f)
[fac-cià-ta]

鐘樓
campanile (m)
[cam-pa-nì-le]

如同塔樓的形式，與教堂比鄰或直接在教堂之上。

塔樓
torre (f)
[tór-re]

穹頂
cupola (f)
[cù-po-la]

因為圓形象徵天國，所以許多教堂都有圓形穹頂。

圓柱
colonna (f)
[co-lón-na]

拱形
arcata (f)
[ar-cà-ta]

拱廊 porticato (m) [por-ti-cà-to]。

正門
portale (m)
[por-tà-le]

這裡專指教堂或宮殿雄偉的大門，一般房屋的門稱為porta [pòr-ta]。教堂正面常會見到寬廣的大台階scalinata (f) [sca-li-nà-ta]。

修道院
monastero (m)
[mo-na-stè-ro]

天主教神職人員進行修道的地方，修道士每天必須禱告七次。

洗禮堂
battistero (m)
[bat-ti-stè-ro]

進行受洗的地方，大部份為教堂外較小的獨立建築。

三葉窗
trifora (f)
[tri-fo-ra]

用二支柱子分隔三個空間的窗戶，有代表聖父、聖子、聖神三位一體的概念。

玻璃花窗
vetrata (f)
[ve-trà-ta]

用彩色玻璃拼出圖樣，主題多為聖經故事的內容，是教堂常見的裝飾藝術。

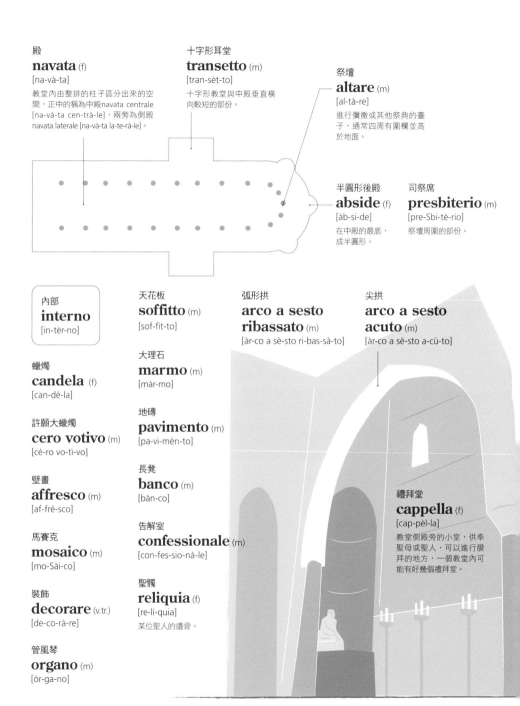

殿
navata (f)
[na-và-ta]
教堂內由整排的柱子區分出來的空間，正中的稱為中殿navata centrale [na-và-ta cen-trà-le]，兩旁為側殿navata laterale [na-và-ta la-te-rà-le]。

十字形耳堂
transetto (m)
[tran-sèt-to]
十字形教堂與中殿垂直橫向較短的部份。

祭壇
altare (m)
[al-tà-re]
進行彌撒或其他祭典的臺子，通常四周有圍欄並高於地面。

半圓形後殿
abside (f)
[àb-si-de]
在中殿的最底，成半圓形。

司祭席
presbiterio (m)
[pre-Sbi-tè-rio]
祭壇周圍的部份。

內部
interno
[in-tèr-no]

蠟燭
candela (f)
[can-dé-la]

許願大蠟燭
cero votivo (m)
[cé-ro vo-tì-vo]

壁畫
affresco (m)
[af-fré-sco]

馬賽克
mosaico (m)
[mo-Sài-co]

裝飾
decorare (v.tr.)
[de-co-rà-re]

管風琴
organo (m)
[òr-ga-no]

天花板
soffitto (m)
[sof-fìt-to]

大理石
marmo (m)
[màr-mo]

地磚
pavimento (m)
[pa-vi-mén-to]

長凳
banco (m)
[bàn-co]

告解室
confessionale (m)
[con-fes-sio-nà-le]

聖髑
reliquia (f)
[re-li-quia]
某位聖人的遺骨。

弧形拱
arco a sesto ribassato (m)
[àr-co a sè-sto ri-bas-sà-to]

尖拱
arco a sesto acuto (m)
[àr-co a sè-sto a-cù-to]

禮拜堂
cappella (f)
[cap-pèl-la]
教堂側殿旁的小堂，供奉聖母或聖人，可以進行膜拜的地方，一個教堂內可能有好幾個禮拜堂。

In biblioteca
圖書館

洗手間
toilette (f)
[toi-lèt-te]

我可以借幾本書？
Quanti libri posso prendere in prestito?
[quàn-ti lì-bri pos-so prèn-de-re in prè-sti-to]

男
uomo (m)
[uò-mo]

借
prestare (v.tr.)
[pre-stà-re]

借書證
tessera del prestito (f)
[tès-se-ra del prè-sti-to]

女
donna (f)
[dòn-na]

一次可以借五本。
Ne può prendere cinque alla volta.
[ne può prèn-de-re cìn-que àl-la vòl-ta]

讀
leggere (v.tr.)
[lèg-ge-re]

開、開放
apertura (f)
[a-per-tù-ra]

假日休館
chiuso per ferie
[chiù-So pér fé-rie]

翻閱、瀏覽
sfogliare (v.tr.)
[sfo-glià-re]

油漆未乾
vernice fresca
[ver-nì-ce fré-sca]

休館整修
chiuso per restauro
[chiù-So pér re-stàu-ro]

研究
ricerca (f)
[ri-cér-ca]

停止使用
fuori uso
[fuò-ri ù-So]

民眾
pubblico (m)
[pùb-bli-co]

書籤
segnalibro (m)
[se-gna-lì-bro]

書架
scaffale (m)
[scaf-fà-le]

雜誌、期刊
rivista (f)
[ri-vì-sta]

閱覽室
**sala di
lettura** (f)
[sà-la di let-tù-ra]

百科全書
enciclopedia (f)
[en-ci-clo-pe-dì-a]

書
libro (m)
[lì-bro]

文學
letteratura (f)
[let-te-ra-tù-ra]

中、短篇小說
novella (f)
[no-vèl-la]

地理
geografia (f)
[ge-o-gra-fi-a]

報紙
giornale (m)
[gior-nà-le]

小說、傳奇故事
romanzo (m)
[ro-màn-Zo]

偵探小說romanzo
giallo [ro-màn-Zo
giàl-lo]；愛情小說
romanzo rosa [ro-
màn-Zo rò-sa]。

漫畫
fumetto (m)
[fu-mét-to]

歷史
storia (f)
[stò-ria]

檔案
archivio (m)
[ar-chì-vio]

字典
dizionario (m)
[di-zio-nà-rio]

標題
titolo (m)
[tì-to-lo]

頁碼
pagina (f)
[pà-gi-na]

作者
autore(trice)
[au-to-re, tri-ce]

複印
fotocopiare (v.tr.)
[fo-to-co-pià-re]

出版社
casa editrice (f)
[cà-Sa e-di-trì-ce]

Andare al cinema
看電影

電影院
cinema (m)
[cì-ne-ma]

螢幕
schermo (m)
[schér-mo]

緊急出口
uscita di sicurezza (f)
[u-scì-ta di si-cu-réz-za]

放映
proiettare (v.tr.)
[pro-iet-tà-re]

預告片
trailer (m)
[trei-ler]
從英文翻的外來語，電影預告片可以說il trailer di un film。

二輪
seconda visione (f)
[se-cón-da vi-sió-ne]

情節
intreccio (m)
[in-tréc-cio]

劇終
fine (f)
[fì-ne]

看
guardare (v.tr.)
[guar-dà-re]

陪伴、陪同
accompagnare (v.tr.)
[ac-com-pa-gnà-re]

影評人
critico (m)
[crì-ti-co]

導演
regista (m)
[re-gì-sta]

編劇
sceneggiatore(trice)
[sce-neg-gia-tó-re, tri-ce]

演員
attore(trice)
[at-tó-re, tri-ce]

配音
doppiato (m)
[dop-pià-to]
義大利的電影和電視節目都習慣配上義大利發音。

字幕
sottotitoli (m.pl.)
[sot-to-tì-to-li]

電影攝影機
cinepresa (f)
[ci-ne-pré-sa]

拍攝
riprendere (v.tr.)
[ri-prèn-de-re]

種類
genere
[gè-ne-re]

只剩下後排的位置了。
Sono rimasti solo i posti in fondo.
[só-no ri-mà-sti só -lo i pós-ti in fón-do]

黑白片
film in bianco e nero
[film in biàn-co e né-ro]

彩色片
film a colori
[film a co-ló-ri]

娛樂
commedia (f)
[com-mè-dia]
娛樂片la commedia，例如總是喜劇收場的好萊塢電影。

喜劇的、滑稽的
comico(a)
[cò-mi-co(a)]
喜劇片il film comico。

戰爭
guerra (f)
[guèr-ra]
戰爭片il film di guerra。

科幻
fantascienza (f)
[fan-ta-scièn-za]
科幻片il film di fantascienza。

恐怖
horror (m)
[Òr-ror]
恐怖片il film horror。

紀錄片
documentario (m)
[do-cu-men-tà-rio]

愛情片
film romantico (m)
[film ro-màn-ti-co]

劇情片
film drammatico (m)
[film dram-mà-ti-co]

好無聊、好無趣！
Che noia!
[che nò-ia]

情緒
umore (m)
[u-mó-re]

感動
commovente
[com-mo-vèn-te]

失望的
deluso(a)
[de-lù-So(a)]

開心的、高興的
contento(a)
[con-tèn-to(a)]

快樂的
felice
[fe-lì-ce]

傷心的、難過的
triste
[trì-ste]

有趣的
interessante
[in-te-res-sàn-te]

Fotografare
攝影

照相機
macchina fotografica (f)
[màc-chi-na fo-to-grà-fi-ca]

單眼
monobiettivo (m)
[mo-no-biet-tì-vo]

防紅眼
riduzione occhi rossi (f)
[ri-du-zió-ne òc-chi rós-si]

白平衡
bilanciamento del bianco (m)
[bi-lan-cia-mén-to dél biàn-co]

套子
custodia (f)
[cu-stò-dia]

數位相機
macchina fotografica digitale (f)
[màc-chi-na fo-to-grà-fi-ca di-gi-tà-le]

鋰電池
batteria al litio (f)
[bat-te-rì-a al lì-tio]

按鈕
pulsante (m)
[pul-sàn-te]

對焦環
anello di messa a fuoco (m)
[a-nèl-lo di més-sa a fuò-co]

濾光鏡
filtro (m)
[fil-tro]

鏡頭
obiettivo (m)
[o-biet-tì-vo]

凹面的
concavo(a)
[còn-ca-vo, a]

凸面的
convesso(a)
[con-vès-so, a]

光圈環
anello di selezione del diaframma (m)
[a-nèl-lo di se-le-zió-ne dél dia-fràm-ma]

觀景窗
mirino (m)
[mi-rì-no]

閃光燈
flash (m)
發音跟英文相同。

三腳架
cavalletto (m)
[ca-val-lét-to]

充電器
caricabatteria (m)
[cà-ri-ca-bat-te-rì-a]

沖印
stampare (v.tr.)
[stam-pà-re]

放大
ingrandimento (m)
[in-gran-di-mén-to]

光面的
lucido(a)
[lù-ci-do(a)]

布面的
opaco(a)
[o-pà-co(a)]

底片
pellicola (f)
[pel-lì-co-la]

負片
negativo (m)
[ne-ga-tì-vo]

正片
positivo (m)
[po-Si-tì-vo]

感光度
sensibilità della pellicola (f)
[sen-si-bi-li-tà dél-la pel-lì-co-la]

記憶卡
scheda di memoria (f)
[schè-da di me-mò-ria]

拍攝
scattare (v.tr.)
[scat-tà-re]

光線
luce (f)
[lù-ce]

背光、逆光
controluce (m)
[con-tro-lù-ce]

構圖
composizione (f)
[com-po-Si-zió-ne]

手動的
manuale
[ma-nu-à-le]

自動的
automatico(a)
[au-to-mà-ti-co(a)]

光圈
diaframma (m)
[dia-fràm-ma]

焦距
fuoco (m)
[fuò-co]

快門
otturatore (m)
[ot-tu-ra-tó-re]

曝光
esposizione (f)
[e-spo-Si-zió-ne]

您可以幫我們照張相嗎？
Ci potrebbe fare una foto?
[cì pot-réb-be fà-re ùna fò-to]

攝影師
fotografo(a)
[fo-tò-gra-fo(a)]

Al mercato
市集

新的
nuovo(a)
[nuò-vo-a]

年代
epoca (f)
[è-po-ca]

水壺
brocca (f)
[bròc-ca]

古董、古玩
antiquariato (m)
[an-ti-qua-rià-to]

舊的
vecchio(a)
[vèc-chio-a]

貴的
costoso(a)
[co-stó-so-a]

碗
ciotola (f)
[ciò-to-la]

瑕疵品
prodotto difettoso
[pro-dót-to di-fet-tó-so]

古老的
antico(a)
[an-tì-co-a]

便宜的
economico(a)
[e-co-nò-mi-co-a]

手工藝品
artigianato (m)
[ar-ti-gia-nà-to]

仿製品
imitazione (f)
[i-mi-ta-zió-ne]

用過的
usato(a)
[u-Sà-to-a]

免費的
gratuito(a)
[gra-tùi-to-a]

花
fiori (m.pl.)
[fió-ri]

瓶子
bottiglia (f)
[bot-ti-glia]

瓷器
porcellana (f)
[por-cel-là-na]

鬱金香
tulipano (m)
[tu-li-pà-no]

我沒錢。
Sono al verde.
[só-no al vér-de]

我一個也沒買。
Non ne compro nessuno.
[nón né cóm-pro nes-sù-no]

信封
busta (f)
[bù-sta]

明信片
cartolina (f)
[car-to-li-na]

郵票
francobollo (m)
[fran-co-ból-lo]

可以給我一點折扣嗎？
Può farmi uno sconto?
[pu-ò fàr-mi ù-no scón-to]

攤位
bancarella (f)
[ban-ca-rèl-la]

能不能便宜一點？
Mi può fare un prezzo migliore?
[mi pu-ò fà-re un prèz-zo mi-glió-re]

我想看看這個。
Vorrei vedere questo.
[vor-rèi ve-dé-re qué-sto]

小販
venditore(trice)
[ven-di-tó-re (trí-ce)]

向日葵
girasole (m)
[gi-ra-só-le]

玫瑰
rosa (f)
[rò-Sa]

材質
materia (f)
[ma-tè-ria]

玻璃
vetro (m)
[vé-tro]

塑膠
plastica (f)
[plà-sti-ca]

紙
carta (f)
[càr-ta]

銅
rame (m)
[rà-me]

黃銅
ottone (m)
[ot-tó-ne]

金屬
metallo (m)
[me-tàl-lo]

不鏽鋼的
inossidabile
[i-nos-si-dà-bi-le]

打包
imballare (v.tr.)
[im-bal-là-re]

箱、盒
scatola (f)
[scà-to-la]
紙箱scatola di cartone
[scà-to-la di car-tó-ne]。

包裹
pacco (m)
[pàc-co]

運送
trasportare (v.tr.)
[tra-spor-tà-re]

稱讚、打電話 esclamare / telefonare

好可愛！
Carino!
[ca-rì-no]

太棒了！
Che meraviglia!
[ché me-ra-vì-glia]

漂亮極了！
Bellissimo(a)!
[be-lìs-si-mo, a]

棒極了！
Benissimo!
[be-nìs-si-mo]

好極了！
Stupendo!
[stu-pèn-do]

太好了、真漂亮！
Che bello(a)!
[ché bèl-lo, a]

真是驚喜！
Che bella sorpresa!
[ché bèl-la sor-pré-sa]

能否告訴我您的大名？
Mi può dire il suo nome?
[mì pu-ò dì-re il sù-o nó-me]

哪位？
Chi parla?
[chi pàr-la]

怎麼寫？
Come si scrive?
[có-me si scri-ve]

請講。
Dica.
[dì-ca]

您想要找哪位？
Con chi vuole parlare?
[cón chì vuò-le par-là-re]

多可惜！
Che peccato!
[ché pec-cà-to]

是。
Sì.
[sì]

不是。
No.
[no]

真有趣！
Che interessante!
[ché in-te-res-sàn-te]

真倒胃口、真噁心！
Che schifo!
[ché schì-fo]

不錯嘛！
Non male!
[nón mà-le]

真醜、真討厭！
Che brutto(a)!
[ché brùt-t...]

那麼、好、就……
Allora...
[al-ló-ra]
口頭轉折語氣用。

我可以留言嗎？
Posso lasciare un messaggio?
[pòs-so la-scià-re un mes-sàg-gio]

喂？
Pronto?
[prón-to]

你有聽到我的聲音嗎？
Mi senti?
[mì sén-ti]

真的嗎?
davvero?
[dav-vé-ro]

等一下！
Un attimo!
[un àt-ti-mo]

Part 5

美食義大利
La gastronomia

不論是酥脆可口的披薩，或清爽彈牙
的義大利麵，美食一直是義大利人引
以為傲的藝術之一。

In caffetteria
咖啡館

義大利人到咖啡館裡一般會就著吧台站著喝咖啡。坐下來通常會另外收座位的費用。此外，大部份咖啡館裡都沒有菜單可以看著點，但只要了解幾種咖啡的變化，即使沒有menu也不用怕。

飲料
bevanda (f)
[be-vàn-da]

鮮榨果汁
spremuta (f)
[spre-mù-ta]
一般若非特指現榨的果汁稱為succo (m) [sùc-co]。

茶
tè (m)
[tè]
加檸檬al limone [al li-mó-ne]；
加牛奶al latte [al làt-te]。

低咖啡因的
decaffeinato
[de-caf-fei-nà-to]

美式咖啡
caffè americano (m)
[caf-fè a-me-ri-cà-no]
如果不想喝小杯的濃縮咖啡，也可以點美式咖啡。

吧檯侍者
barista (m)
[ba-ri-sta]

糖罐
zuccheriera (f)
[zuc-che-riè-ra]
義大利人習慣在濃縮咖啡裡加糖，所以咖啡館吧檯上一定會有。

糖
zucchero (m)
[zùc-che-ro]

菸斗
pipa (f)
[pì-pa]

打火機
accendino (m)
[ac-cen-di-no]

火柴
fiammifero (m)
[fiam-mì-fe-ro]

香菸
sigaretta (f)
[si-ga-rét-ta]
過去義大利抽菸的人口不少，但自從政府於2005年頒布公共場所全面禁菸規定後，近年來已有下降的趨勢。

服務生
cameriere(a)
[ca-me-riè-ro, a]

小杯子
tazzina (f)
[taz-zi-na]
指裝濃縮咖啡的小杯子。

托盤
vassoio (m)
[vas-só-io]

我請客，你們要點什麼？
**Offro io.
Che cosa prendete?**
[òf-fro io ché cò-sa pren-dé-te]

杯墊
sottobicchiere (m)
[sot-to-bic-chiè-re]

菸灰缸
portacenere (m)
[por-ta-cé-ne-re]

濃縮咖啡
caffè (m)
[caf-fè]
小杯的義式濃縮咖啡，其他的咖啡種類都是以此為基礎變化的。

卡布奇諾
cappuccino (m)
[cap-puc-cì-no]
以一份的濃縮咖啡對上一份量的牛奶和一份量的奶泡，義大利人只在早上喝這種牛奶多的咖啡。

冰咖啡
caffè shakerato (m)
[caf-fè sha-ke-rà-to]
將濃縮咖啡與冰塊裝在一起搖出來的冰咖啡。

濃縮瑪奇朵
caffè macchiato (m)
[caf-fè mac-chià-to]
一份濃縮咖啡加上一點點的牛奶。

拿鐵
caffè latte (m)
[caf-fè làt-te]
一份的濃縮加上二倍量的牛奶。在義大利文中latte [làt-te]是牛奶的意思，如果要喝拿鐵咖啡，一定要説caffè latte，否則只會得到一杯牛奶。

熱巧克力
cioccolata calda (f)
[cioc-co-là-ta càl-da]
義大利的熱巧克力是非常濃稠的，冬天喝一杯暖呼呼的熱巧克力，整個人都會暖起來喔！

咖啡康寶藍
caffè con panna (m)
[caf-fè cón pàn-na]
一份濃縮咖啡上面加上鮮奶油，panna [pàn-na]是鮮奶油的意思。加鮮奶油con panna；不加鮮奶油senza panna。

調酒咖啡
caffè corretto (m)
[caf-fè cor-rèt-to]
以一份濃縮咖啡加上一點酒，通常會是一種高酒精濃度的義大利渣釀白蘭地grappa [gràp-pa]。

柳橙汁
aranciata (f)
[a-ran-cià-ta]

小點心
spuntini (m.pl.)
[spun-tì-ni]

佛卡夏
focaccia (f)
[fo-càc-cia]
形狀扁平，多用橄欖油、羅勒、鼠尾草等香料調味。

義大利薄片
piadina (f)
[pia-dì-na]
通常用圓形的薄餅，夾上起司、蔬菜、火腿等。

生的
crudo(a)
[crù-do, a]

熟的
cotto(a)
[còt-to, a]

義大利麵包
panino (m)
[pa-nì-no]
義大利常見的麵包，裡面夾著不同的起司、火腿、生菜等。一般會夾好料放在冰櫃中，等點餐後再放在機器裡面烤熱熱後才端出來。

臘腸
salame (m)
[sa-là-me]

火腿
prosciutto (m)
[pro-sciùt-to]

炸薯條
patatine fritte (f.pl.)
[pa-ta-tì-ne frìt-te]

三明治
tramezzino (m)
[tra-meZ-Zì-no]
用對切的三角形土司麵包夾起司、鮪魚、番茄等。

餅乾筒
cono (m)
[cò-no]

冰淇淋
gelato (m)
[ge-là-to]

填塞、夾
imbottire (v.tr.)
[im-bot-tì-re]

杯
coppa (f)
[còp-pa]

Alla enoteca
葡萄酒專賣店

在義大利一般的小酒館或咖啡館除了咖啡、點心
之外，也會賣單杯的酒，而enoteca則是指專門
賣酒的地方。

葡萄酒
vino (m)
[vì-no]

紅酒
vino rosso (m)
[vì-no rós-so]

白酒
vino bianco (m)
[vì-no biàn-co]

烈酒
vino liquoroso (m)
[vì-no li-quo-ró-so]

氣泡酒
spumante (m)
[spu-màn-te]

啤酒
birra (f)
[bir-ra]

礦泉水
acqua minerale (f)
[àc-qua mi-ne-rà-le]

威士忌
whisky (m)
[wìs-ki]

純威士忌whisky liscio [wis-
ki lì-scio]；威士忌加冰塊
whisky con ghiaccio [wis-ki
cón ghiàc-cio]。

酒單
carta dei vini (f)
[càr-ta déi vì-ni]

杯
bicchiere (m)
[bic-chiè-re]

瓶
bottiglia (f)
[bot-tì-glia]

招牌酒
vino della casa (m)
[vì-no dél-la cà-sa]

指的是店家推薦的代表性酒。

開胃酒
aperitivo (m)
[a-pe-ri-tì-vo]

佐餐酒
vino da tavola (m)
[vì-no da tà-vo-la]

指的是沒有依照法令規定比例釀的
酒，但仍有些釀酒師的自由創新反
而釀出更優質的葡萄酒。酒標上只
需標出酒精含量和酒廠名稱即可。

酒標
etichetta da vino (f)
[e-ti-chét-ta da vi-no]

身份證明
carta d'identità (f)
[càr-ta di-den-ti-tà]
每瓶酒的酒標就像是酒的身份證明一般。

酒廠
azienda vinicola (f)
[a-zièn-da vi-nì-co-la]

產區
zona di produzione (f)
[Zò-na di pro-du-zió-ne]

容量
volume (m)
[vo-lù-me]

陳年
riserva
[ri-sèr-va]
指儲存過一段時間的陳年葡萄酒。

甜的
amabile
[a-mà-bi-le]

不甜的
secco
[séc-co]

葡萄種類
vitigno (m)
[vi-tì-gno]

酒精含量
titolo alcolometrico (m)
[tì-to-lo al-co-lo-mè-tri-co]

義大利葡萄酒分級制度
D.O.C.
Denominazione di Origine Controllata
[de-no-mi-na-zió-ne di o-rì-gi-ne con-trol-là-ta]
嚴格規定使用特定產區的葡萄品種以及混合比例。D.O.C和D.O.C.G等級的葡萄酒
都會標在酒標上，並在瓶口貼上粉紅色封條。

有酒精的
alcolico(a)
[al-cò-li-co(a)]

不含酒精的
analcolico(a)
[a-nal-cò-li-co(a)]

開酒器
cavatappi (m)
[ca-va-tàp-pi]
開軟木塞用的。

軟木塞
tappo (m)
[tàp-po]

Al ristorante
餐廳

門
porta (f)
[pòr-ta]

推
spingere (v.tr.)
[spìn-ge-re]

拉
tirare (v.tr.)
[ti-rà-re]

餐廳
ristorante (m)
[ri-sto-ràn-te]
指一般較正式的餐廳。

快餐店
tavola calda (f)
[tà-vo-la càl-da]

平價餐館
trattoria (f)
[trat-to-rì-a]

披薩專賣店
pizzeria (f)
[piz-ze-rì-a]

小餐館
osteria (f)
[o-ste-ri-a]
有賣酒、飲料和簡單的
當地料理。

帶走
da asporto
[da a-spòr-to]

三明治專賣店
paninoteca (f)
[pa-ni-no-tè-ca]

義大利麵店
spaghetteria (f)
[spa-ghet-te-rì-a]

預訂
prenotare (v.tr.)
[pre-no-tà-re]

一起
insieme
[in-siè-me]

衣帽間
guardaroba (m)
[guar-da-rò-ba]
正式的餐廳會在入口設置衣
帽間幫客人放置外套大衣。

服務生
cameriere (m)
[ca-me-riè-re]
女服務生為cameriera
[ca-me-riè-ra]。

準時
in orario
[in o-rà-rio]

進入
entrare (v.intr.)
[en-trà-re]

廚師
cuoco(a)
[cuò-co, a]

遲、晚
tardi
[tàr-di]

今天有什麼好吃的？
Che cosa c'è di buono oggi?
[ché cò-sa cè dì buò-no òg-gi]

可以推薦我什麼呢？
Cosa mi consiglia?
[cò-sa mì con-si-glia]

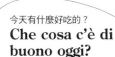

點餐
ordinare (v.tr.)
[or-di-nà-re]

端送
portare (v.tr.)
[por-tà-re]

吃
mangiare (v.tr.)
[man-già-re]

喝
bere (v.tr.)
[bé-re]

帳單
conto (m)
[cón-to]

桌費
coperto (m)
[co-pèr-to]

這是一種按人頭算的外加費用，在帳單上或者會寫成 pane e coperto，但不管有沒有吃桌上的麵包都要收。

服務費
servizio (m)
[ser-vì-zio]

在義大利帳單裡會直接加上服務費的習慣，但如果想留一、二歐元在桌上也是可以的。

我可以用信用卡付帳嗎？
Posso pagare con carta di credito?
[pòs-so pa-gà-re cón càr-ta di cré-di-to]

馬上就來！
Arrivo subito!
[ar-rì-vo sù-bi-to]

羅馬式付帳
pagare alla romana
[pa-gà-re àl-la ro-mà-na]

這是義大利語中常用的短語，表示「平均分攤」的意思。義大利人一起去吃飯的時候，常常是根據人數來分擔費用，不是指各付各的。

Sedersi a tavola
用餐

餐桌
tavola (f)
[tà-vo-la]

餐具
stoviglie (f.pl.)
[sto-vì-glie]

餐巾
tovagliolo (m)
[to-va-gliò-lo]

極好的
ottimo(a)
[òt-ti-mo, a]

空的
vuoto(a)
[vuò-to, a]

滿的
pieno(a)
[piè-no, a]

餓
fame (f)
[fà-me]

渴
sete (f)
[sé-te]

「你渴嗎？」可以說
Hai sete? [hai sé-te]。

乾杯！
Cin cin!
[cin-cin]

或者說salute [sa-lù-te]
也可以。

開動、大家享用吧！
Buon appetito!
[buòn ap-pe-tì-to]

義大利人的餐桌上也常看到一項
基本調味料：巴薩米克醋aceto
balsamico [a-cé-to bal-sà-mi-co]。

叉子
forchetta (f)
[for-chét-ta]

桌巾
tovaglia (f)
[to-và-glia]

刀子
coltello (m)
[col-tèl-lo]

氣泡礦泉水
**acqua
frizzante** (f)
[àc-qua friZ-Zàn-te]

無氣泡礦泉水
**acqua
naturale** (f)
[àc-qua na-tu-rà-le]

在義大利，餐廳的水是要收
費的，通常以瓶為單位。

湯匙
cucchiaio (m)
[cuc-chià-io]

盤子
piatto (m)
[piàt-to]

我餓了。
Ho fame.
[ho fà-me]

我吃飽了。
Sono sazi o(a).
[sò-no sà-zi o]

塗抹
spalmare (v.tr.)
[spal-mà-re]

加、放
mettere (v.tr.)
[mét-te-re]

奶油
burro (m)
[bùr-ro]

胡椒
pepe (m)
[pé-pe]

胡椒罐
pepiera (f)
[pe-piè-ra]

佐料
condimenti
(m.pl.)
[con-di-mén-ti]

奶油刀
coltello da burro (m)
[col-tèl-lo da bùr-ro]

鹽
sale (m)
[sà-le]

鹽罐
saliera (f)
[sa-liè-ra]

味道
sapori (m.pl.)
[sa-pó-ri]

鹹的
salat o(a)
[sa-là-t o]

辣的
piccante
[pic-càn-te]

甜的
dolce
[dól-ce]

甜味dolcezza (f)
[dol-céz-za]。

苦的
amar o(a)
[a-mà-r o]

苦味amarezza (f)
[a-ma-réz-za]。

酸的
aspr o(a)
[à-spr o]

硬的
dur o(a)
[dù-r o]

素食主義的
vegetarian o(a)
[ve-ge-ta-rià-n o]

很好吃！
È buono!
[è buò-no]

好難吃！
Che cattivo!
[ché cat-tì-vo]

美食義大利 La gastronomia

Il menù
菜單

I. 餐前酒
aperitivi (m.pl.)
[a-pe-ri-tì-vi]

幫助開胃，通常是酒精濃度比較低的氣泡酒或雞尾酒。

III. 第一道
primi (m.pl.)
[prì-mi]

通常為湯zuppa (f) [zùp-pa]、燉飯risotto (m) [ri-sòt-to]或麵食類。

V. 配菜
contorni (m.pl.)
[con-tór-ni]

通常為沙拉或蔬菜。

義大利蔬菜湯
minestrone
[mi-ne-stró-ne]

內有洋蔥、豆子、紅蘿蔔、西芹、番茄等混合的雜菜湯。

番茄乳酪
insalata caprese
[in-sa-là-ta ca-pré-se]

II. 開胃菜
antipasti (m.pl.)
[an-ti-pà-sti]

可以是海鮮、蔬菜、肉類、火腿或臘腸等綜合的生冷盤。

IV. 第二道
secondi (m.pl.)
[se-cón-di]

通常為肉類或海鮮。

帕瑪火腿與哈密瓜
prosciutto e melone
[pro-sciùt-to e me-ló-ne]

羅馬式煎小牛肉
saltimbocca alla Romana
[sal-tim-bóc-ca àl-la ro-mà-na]

將小牛肉與火腿捲起來或平放著一起煎。

米蘭燉牛膝
ossobuco alla Milanese
[os-so-bù-co àl-la mi-la-né-se]

通常會用gremolada [gre-mo-là-da]來提味，是一種將義大利香菜、大蒜和檸檬皮混合的調味醬。

海鮮拼盤
antipasto di mare
[an-ti-pà-sto di mà-re]

佛羅倫斯牛排
bistecca alla Fiorentina
[bi-stéc-ca àl-la fio-ren-tì-na]

炭烤的大牛排。

綜合的
misto(a)
[mì-sto,a]

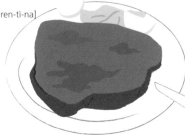

非常美味！
Delizioso!
[de-li-zió-so]

VI. 起司與水果
formaggio e frutta
[for-màg-gio e frùt-ta]
有時會合併在開胃菜或配菜的類別下。

VIII. 咖啡
caffè (m)
[caf-fè]
義大利人認為飯後一杯濃縮咖啡和高酒精濃度的餐後酒，可以幫助消化。

帕瑪森乾酪
parmigiano reggiano (m)
[par-mi-già-no-reg-già-no]

VII. 甜點
dolce (m)
[dól-ce]

藍起司
gorgonzola (m)
[gor-gon-Zò-la]
味道強烈，不見得人人敢吃。

提拉米蘇
tiramisù (m)
[ti-ra-mi-sù]

IX. 餐後酒
digestivi (m.pl.)
[di-ge-stì-vi]
通常為酒精濃度高的小杯烈酒。

莎巴翁
zabaione (m)
[Za-ba-ió-ne]
或寫成zabaglione，是用蛋黃、砂糖、marsala酒製成的一種甜品。

莫札瑞拉起司
mozzarella (f)
[moz-za-rèl-la]
用水牛奶做的新鮮軟起司，大部份用來做沙拉、披薩，但不會在飯後吃。

派、蛋糕
torta (f)
[tòr-ta]
蘋果派torta di mele [tòr-ta di mé-le]。

格拉巴酒
grappa (f)
[gràp-pa]

檸檬酒
limoncello (m)
[li-mon-cèl-lo]

馬斯卡彭起司
mascarpone (m)
[ma-scar-pó-ne]
用來做提拉米蘇的新鮮起司。

我可以再來一杯紅酒？
Posso avere un altro bicchiere di rosso?
[pòs-so a-vé-re un àl-tro bic-chiè-re di rós-so]

Cominciare a cucinare
動手做菜

研磨器
grattugia (f)
[grat-tù-gia]

開罐器
apriscatole (m)
[a-pri-scà-to-le]

注入、倒
versare (v.tr.)
[ver-sà-re]

開瓶器
apribottiglie (m)
[a-pri-bot-tì-glie]

打開
aprire (v.tr.)
[a-prì-re]

蓋子
coperchio (m)
[co-pèr-chio]

壓力鍋
pentola a pressione (f)
[pén-to-la a pres-sió-ne]
pentola是專指有二個提把和蓋子的鍋子。

食譜
ricetta (f)
[ri-cèt-ta]

廚房
cucina (f)
[cu-ci-na]

攪拌
mescolare (v.tr.)
[me-sco-là-re]

材料
ingredienti (m.pl.)
[in-gre-dièn-ti]

烹飪
cucinare (v.tr.)
[cu-ci-nà-re]

攪拌器
frullatore (m)
[frul-la-tó-re]

食物
cibo (m)
[cì-bo]

計量
misurare (v.tr.)
[mi-Su-rà-re]

麵條瀝乾器
colapasta (m)
[co-la-pà-sta]
當水煮好義大利麵條或蔬菜後可將水瀝乾的器具。

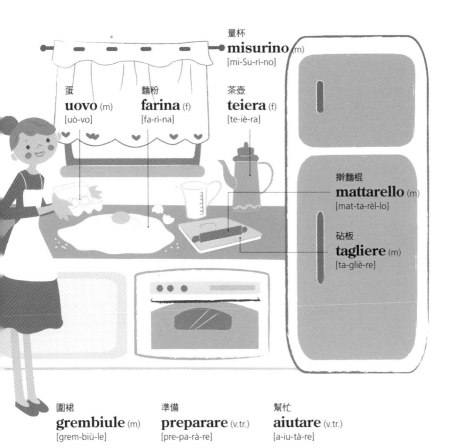

量杯
misurino (m)
[mi-Su-ri-no]

蛋
uovo (m)
[uò-vo]

麵粉
farina (f)
[fa-rì-na]

茶壺
teiera (f)
[te-iè-ra]

擀麵棍
mattarello (m)
[mat-ta-rèl-lo]

砧板
tagliere (m)
[ta-gliè-re]

圍裙
grembiule (m)
[grem-biù-le]

準備
preparare (v.tr.)
[pre-pa-rà-re]

幫忙
aiutare (v.tr.)
[a-iu-tà-re]

煮
bollire (v.intr./v. tr.)
[bol-lì-re]

瀝乾、過濾
colare (v.tr.)
[co-là-re]

削皮
pelare (v.tr.)
[pe-là-re]

剁碎
tritare (v.tr.)
[tri-tà-re]

烤
infornare (v.tr.)
[in-for-nà-re]

敲打
battere (v.tr.)
[bàt-te-re]

切
tagliare (v.tr.)
[ta-glià-re]

弄碎
sminuzzare (v.tr.)
[Smi-nuz-zà-re]

炸
friggere (v.tr.)
[frìg-ge-re]

打、打破
rompere (v.tr.)
[róm-pe-re]

例如把蛋打破就是用這個
動詞。

切片
affettare (v.tr.)
[af-fet-tà-re]

磨
grattugiare (v.tr.)
[grat-tu-già-re]

炒（菜）
saltare (in padella) (v.tr.)
[sal-tà-re in pa-dèl-la]

研磨、磨碎
macinare (v.tr.)
[ma-ci-nà-re]

Frutta e verdura
水果和蔬菜

水果
frutta (f)
[frùt-ta]

柳橙
arancia (f)
[a-ràn-cia]
血橙則稱為arancia
rossa [rós-sa]。

草莓
fragola (f)
[frà-go-la]

無花果
fico (m)
[fì-co]

蘋果
mela (f)
[mé-la]

哈密瓜
melone (m)
[me-ló-ne]

檸檬
limone (m)
[li-mó-ne]

藍莓
mirtillo (m)
[mir-til-lo]

梨子
pera (f)
[pé-ra]

葡萄
uva (f)
[ù-va]

大蒜
aglio (m)
[à-glio]

辣椒
peperoncino (m)
[pe-pe-ron-ci-no]

請給我半公斤血橙。
**Mi dia mezzo chilo
di arance rosse.**
[mi dia mèZ-Zo chì-lo di a-ràn-ce rós-se]

104

橘子
mandarino (m)
[man-da-rì-no]

葡萄柚
pompelmo (m)
[pom-pèl-mo]

桃子
pesca (f)
[pè-sca]

櫻桃
ciliegia (f)
[ci-liè-gia]

西瓜
cocomero (m)
[co-có-me-ro]

番石榴
melagranata (f)
[me-la-gra-nà-ta]

栗子
castagna (f)
[ca-stà-gna]

杏仁
mandorla (f)
[màn-dor-la]

榛果
nocciola (f)
[noc-ciò-la]

蔬菜
verdure (f.pl.)
[ver-dù-re]

義式櫛瓜
zucchina (f)
[zuc-chì-na]

番茄
pomodoro (m)
[po-mo-dò-ro]

洋蔥
cipolla (f)
[ci-pól-la]

朝鮮薊
carciofo (m)
[car-ciò-fo]

茄子
melanzana (f)
[me-lan-Zà-na]

蘑菇
fungo (m)
[fùn-go]
常用複數形為
funghi [fùn-ghi]。

苦苣
cicoria (f)
[ci-cò-ria]

蘆筍
asparago (m)
[a-spà-ra-go]
常用複數形為
asparagi [a-spà-ra-gi]。

花椰菜
broccolo (m)
[bròc-co-lo]
常用複數形為
broccoli [bròc-co-li]。

松露
tartufo (m)
[tar-tù-fo]

菠菜
spinacio (m)
[spi-nà-cio]
常用複數形為
spinaci [spi-nà-ci]。

青豆
pisello (m)
[pi-sèl-lo]
常用複數形為
piselli [pi-sèl-li]。

馬鈴薯
patata (f)
[pa-tà-ta]

甜椒
peperone (m)
[pe-pe-ró-ne]

甜菜根
barbabietola (f)
[bar-ba-biè-to-la]

香草
**erbe
aromatiche** (f.pl.)
[èr-be a-ro-mà-ti-che]

羅勒
basilico (m)
[ba-sì-li-co]

鼠尾草
salvia (f)
[sàl-via]

迷迭香
rosmarino (m)
[ro-Sma-rì-no]

奧勒岡
origano (m)
[o-rì-ga-no]

Fare la spesa
逛超市

冷凍食品
prodotto surgelato (m)
[pro-dót-to sur-ge-là-to]

冷藏食品
prodotto congelato (m)
[pro-dót-to con-ge-là-to]

足夠了、可以了。
Basta cosi.
[bà-sta co-sì]

購物推車
carrello (m)
[car-rèl-lo]

日用品
prodotti di uso quotidiano (m.pl.)
[pro-dót-ti di ù-So quo-ti-dià-no]

衛生紙
carta igienica (f)
[càr-ta i-giè-ni-ca]

衛生棉
assorbente igienico (m)
[as-sor-bèn-te i-giè-ni-co]

清潔劑
detergente (m)
[de-ter-gèn-te]

洗潔精
detersivo (m)
[de-ter-si-vo]

洗衣粉
detersivo in polvere (m)
[de-ter-sì-vo in pól-ve-re]

食品
alimentazione (f)
[a-li-men-ta-zió-ne]

熟食
precotto(a)
[pre-còt-to]

便宜的
conveniente
[con-ve-nièn-te]

新鮮的
fresco(a)
[fré-sco, a]

餅乾
biscotti (m.pl.)
[bi-scòt-ti]

罐頭
conserva (f)
[con-sèr-va]

糖果
dolciume (m)
[dol-ciù-me]

蜂蜜
miele (m)
[miè-le]

麵包
pane (m)
[pà-ne]

零食
merendine (f.pl.)
[me-ren-dì-ne]
通常指甜的小點心之類的零嘴。

果醬
marmellata (f)
[mar-mel-là-ta]

調味料
condimento (m)
[con-di-mén-to]

醋
aceto di vino (m)
[a-cé-to di vì-no]
用葡萄酒做出來的分別稱為紅酒醋aceto di vino rosso和白酒醋aceto di vino bianco，巴薩米克醋 aceto balsamico [a-cé-to bal-sà-mi-co] 則是一種以特種葡萄義大利傳統釀法製造的葡萄酒醋。

橄欖油
olio d'oliva (m)
[ò-lio do-lì-va]

美乃滋
maionese (f)
[ma-io-né-Se]

芥末
senape (f)
[sè-na-pe]

一包
un pacchetto
[un pac-chét-to]

公斤
chilogrammo (m)
[chi-lo-gràm-mo]
有時縮寫成chilo或kg。

一打
una dozzina
[ù-na doZ-Zi-na]

一百公克
etto (m)
[èt-to]

一罐
una lattina
[ù-na lat-tì-na]

秤重機
bilancia (f)
[bi-làn-cia]
在超市買生鮮食品時，須自行過磅後將金額標籤貼上後再結帳。

Carne e pesce
肉類與魚類

魚類
pesce (m)
[pé-sce]

鮭魚
salmone (m)
[sal-mó-ne]

鮪魚
tonno (m)
[tón-no]

鱈魚
merluzzo (m)
[mer-lùz-zo]

沙丁魚
sardina (f)
[sar-dì-na]
常用複數形為
sardine [sar-dì-ne]。

鱸魚
branzino (m)
[bran-zì-no]

比目魚
sogliola (f)
[sò-glio-la]

鰻魚
acciuga (f)
[ac-ciù-ga]
常用複數形為
acciughe [ac-ciù-ghe]。

螃蟹
granchio (m)
[gràn-chio]

蝦
scampo (m)
[scàm-po]

明蝦
gambero (m)
[gàm-be-ro]

龍蝦
aragosta (f)
[a-ra-gó-sta]

淡菜
cozza (f)
[còz-za]

蛤蜊
vongole (f)
[vón-go-le]

魷魚、花枝
calamaro (m)
[ca-la-mà-ro]

章魚
polipo (m)
[pò-li-po]

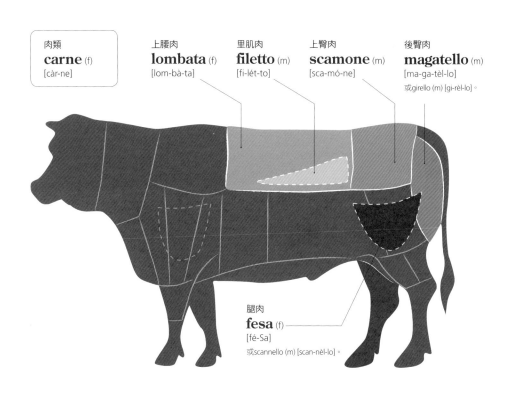

肉類
carne (f)
[càr-ne]

上腰肉
lombata (f)
[lom-bà-ta]

里肌肉
filetto (m)
[fi-lét-to]

上臀肉
scamone (m)
[sca-mó-ne]

後臀肉
magatello (m)
[ma-ga-tèl-lo]
或girello (m) [gi-rèl-lo]。

腿肉
fesa (f)
[fé-Sa]
或scannello (m) [scan-nèl-lo]。

牛肉
manzo (m)
[màn-Zo]

鴨肉
anitra (f)
[à-ni-tra]

兔肉
coniglio (m)
[co-ni-glio]

野味
selvaggina (f)
[sel-vag-gi-na]

小牛肉
vitello (m)
[vi-tèl-lo]

鵝肉
oca (f)
[ò-ca]

小山羊肉
capretto (m)
[ca-prét-to]

雞肉
pollo (m)
[pól-lo]

豬肉
maiale
[ma-ià-le]

鹿肉
cervo (f)
[cèr-vo]

表達情感、想法 esprimersi

你喜歡哪個？
Che preferisci?
[ché pre-fe-rì-sci]

我都可以。
Per me è uguale.
[pér me è u-guà-le]

你認為如何？
Che ne pensi?
[ché ne pén-si]

我不擔心。
Non mi preoccupo.
[nón mi pre-óc-cu-po]

我非常驚訝！
Sono molto sorpreso(a)!
[so-no mól-to sor-pré-so]

不要讓我等很久。
Non farmi aspettare.
[nón far-mi a-spet-tà-re]

怎麼會這樣？
Come mai?
[có-me mài]

拜託、得了吧！
Dài!
[dà-i]
有點無奈的語氣。

不敢相信！
Incredibile!
[in-cre-dì-bi-le]

我很害怕。
Ho paura.
[ho pa-ù-ra]

很高興認識你。
È un piacere conoscerti.
[è un pia-cé-re co-nó-scer-ti]

我很高興。
Sono molto contento(a).
[só-no mól-to con-tèn-to(a)]

很高興認識你。
È stato un piacere.
[è stà-to un pia-cé-re]
通常是道別時使用。

我受夠了！
Mi sono stufato(a)!
[mì só-no stu-fà-to(a)]

可惡！Shit！
Merda!
[mèr-da]
不是很文雅的字眼，
卻是日常生活中常見
的口頭語。

我生氣了！
Sono arrabbiato(a)!
[só-no ar-rab-bià-to(a)]

最好別提了！
Meglio non parlarne!
[mè-glio nón par-làr-ne]

我也這麼認為。
Lo penso anche io.
[lo pèn-so àn-che io]

根據我的觀點……
Secondo me.....
[se-cón-do mè]

我相信是這樣。
Ci credo.
[cì cré-do]

我覺得……
Mi sembra.....
[mi sém-bra]

我認為如此。
Credo di sì.
[cré-do di sì]

Part 6

度假義大利
Andare in vacanza

重視生活品味的義大利人，不論是
與家人的聚餐、散步，或每年八月
關門休息的長假期，都是放鬆、平
衡生活不可缺少的一環。

L'albergo
住旅館

住處
alloggio (m)
[al-lòg-gio]

櫃台
reception
發音與英文相同。

顧客
cliente (m.f.)
[cli-èn-te]

電梯
ascensore (m)
[a-scen-só-re]

鑰匙
chiave (f)
[chià-ve]

你們有空房間嗎？
Avete camere libere?
[a-vé-te cà-me-re li-be-re]

姓
cognome (m)
[co-gnó-me]

名
nome (m)
[nó-me]

出生日期
data di nàscita (f)
[dà-ta di nà-sci-ta]

手提箱
valigia (f)
[va-lì-gia]

旅館
albergo (m)
[al-bèr-go]

青年旅館
ostello (m)
[o-stèl-lo]

民宿
pensione (f)
[pen-sió-ne]
通常是跟民家住在一起的
簡單住宿，大部份須共用
衛浴。

房間出租
affittacamere (m)
[af-fit-ta-cà-me-re]

出租
affittare (v.tr.)
[af-fit-tà-re]

客滿的
completo(a)
[com-plè-to(a)]

單人房
stanza singola (f)
[stàn-za sìn-go-la]

加一張床
aggiungere un letto
[ag-giùn-ge-re un lèt-to]

有浴缸的
con vasca
[cón và-sca]

二張床的雙人房
stanza con due letti (f)
[stàn-za cón dù-e lèt-ti]

有淋浴間的
con doccia
[cón dóc-cia]

一張床的雙人房
stanza matrimoniale (f)
[stàn-za ma-tri-mo-nià-le]

有廁所的
con bagno
[cón bà-gno]

旅行背包
zaino (m)
[Zài-no]

明亮的
luminoso(a)
[lu-mi-nó-so]

舒適的
comodo(a)
[cò-mo-do]

乾淨的
pulito(a)
[pu-li-to]

安靜的
silenzioso(a)
[si-len-zió-so]

房間
camera (f)
[cà-me-ra]

枕頭
guanciale (m)
[guan-cià-le]

衣櫥
armadio (m)
[ar-mà-dio]

鏡子
specchio (m)
[spèc-chio]

檯燈
lampada (f)
[làm-pa-da]

鬧鐘
sveglia (f)
[Své-glia]

床頭櫃
comodino (m)
[co-mo-dì-no]

地毯
tappeto (m)
[tap-pé-to]

床
letto (m)
[lèt-to]

床罩
coperta (f)
[co-pèr-ta]

床單
lenzuolo (m)
[len-zuò-lo]

床墊
materasso (m)
[ma-te-ràs-so]

枕頭套
federa (f)
[fè-de-ra]

收音機
radio (f)
[rà-dio]

Al mare
到海邊

海鷗
gabbiano (m)
[gab-bià-no]

太陽
sole (m)
[só-le]

島嶼
isola (f)
[ì-So-la]

救生員
bagnino(a)
[ba-gni-no]

海
mare (m)
[mà-re]

潛水
fare immersione
[fà-re im-mer-sió-ne]

游泳
nuotare (v.intr.)
[nuo-tà-re]

男生三角泳褲
slip (m)
[slip]

比基尼
bikini (m)
[bi-kì-ni]

沙灘
spiaggia (f)
[spiàg-gia]

貝殼
conchiglia (f)
[con-chì-glia]

沙子
sabbia (f)
[sàb-bia]

救生圈
salvagente (m)
[sal-va-gèn-te]

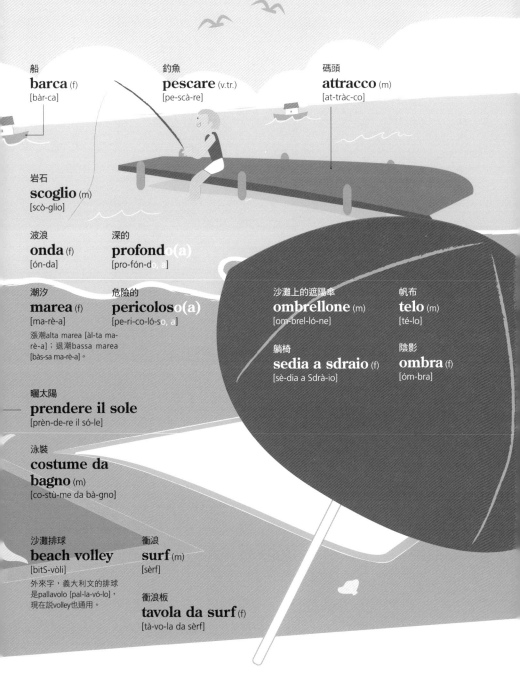

船
barca (f)
[bàr-ca]

釣魚
pescare (v.tr.)
[pe-scà-re]

碼頭
attracco (m)
[at-tràc-co]

岩石
scoglio (m)
[scò-glio]

波浪
onda (f)
[ón-da]

深的
profondo(a)
[pro-fón-do, a]

潮汐
marea (f)
[ma-rè-a]
漲潮alta marea [àl-ta ma-rè-a]；退潮bassa marea [bàs-sa ma-rè-a]。

危險的
pericoloso(a)
[pe-ri-co-ló-so, a]

沙灘上的遮陽傘
ombrellone (m)
[om-brel-ló-ne]

帆布
telo (m)
[té-lo]

躺椅
sedia a sdraio (f)
[sè-dia a Sdrà-io]

陰影
ombra (f)
[óm-bra]

曬太陽
prendere il sole
[prèn-de-re il só-le]

泳裝
costume da bagno (m)
[co-stù-me da bà-gno]

沙灘排球
beach volley
[bitS-vòli]
外來字，義大利文的排球是pallavolo [pal-la-vó-lo]，現在說volley也通用。

衝浪
surf (m)
[sèrf]

衝浪板
tavola da surf (f)
[tà-vo-la da sèrf]

117

Andare in campeggio
露營踏青

大自然
natura (f)
[na-tù-ra]

滑雪纜車
seggiovia (f)
[seg-gio-vì-a]

瀑布
cascata (f)
[ca-scà-ta]

河流
fiume (m)
[fiù-me]

湖
lago (m)
[là-go]

露營拖車
roulotte (f)
[ru-lòt]

高速公路
autostrada (f)
[au-to-strà-da]

停下來
fermare (v.tr.)
[fer-mà-re]

開車
guidare (v.tr.)
[gui-dà-re]

灌木
cespuglio (m)
[ce-spù-glio]

草
erba (f)
[èr-ba]

植物
pianta (f)
[piàn-ta]

森林
foresta (f)
[fo-rè-sta]

月亮
luna (f)
[lù-na]

星星
stella (f)
[stél-la]

山
montagna (f)
[mon-tà-gna]

回音
eco (m)
[è-co]

滑雪
sciare (v.intr.)
[sci-à-re]

坡道
pista (f)
[pì-sta]

登山小屋
rifugio alpino (m)
[ri-fù-gio al-pì-no]

餐具
posata (f)
[po-sà-ta]

哨子
fischietto (m)
[fi-schiét-to]

水壺
borraccia (f)
[bor-ràc-cia]

指南針
bussola (f)
[bùs-so-la]

木材
legno (m)
[lé-gno]

折疊式小刀
coltellino pieghevole (m)
[col-tel-lì-no pie-ghé-vo-le]

急救箱
cassetta del pronto soccorso (f)
[cas-sét-ta dél prón-to soc-cór-so]

帳篷
tenda (f)
[tèn-da]

睡袋
sacco a pelo (m)
[sàc-co a pé-lo]

手電筒
torcia elettrica (f)
[tòr-cia e-lèt-tri-ca]

扔掉
buttare (v.tr.)
[but-tà-re]

煤氣爐
fornello da campeggio (m)
[for-nèl-lo da cam-pég-gio]

煤氣燈
lampada a gas (f)
[làm-pa-da a gas]

垃圾
rifiuti (m.pl.)
[ri-fiù-ti]

Allo zoo
動物園

肉食
carnivoro (m)
[car-nì-vo-ro]

草食
erbivoro (m)
[er-bì-vo-ro]

雜食
onnivoro (m)
[on-nì-vo-ro]

動物
animali (m.pl.)
[a-ni-mà-li]

獅子
leone(essa) (m)
[le-ó-ne, essa]

老虎
tigre (f)
[tì-gre]

狼
lupo (m)
[lù-po]

大象
elefante(tessa)
[e-le-fàn-te, tes-sa]

山羊
capra (f)
[cà-pra]

兔子
lepre (f)
[lè-pre]

鹿
cervo(a)
[cèr-vo, a]

驢子
asino(a)
[a-sì-no, a]

馬
cavallo (m)
[ca-vàl-lo]

熊貓
panda (m)
[pàn-da]

長頸鹿
giraffa (f)
[gi-ràf-fa]

松鼠
scoiattolo (m)
[sco-iàt-to-lo]

狐狸
volpe (f)
[vól-pe]

哺乳類
mammifero (m)
[mam-mì-fe-ro]

昆蟲
insetto (m)
[in-sèt-to]

爬蟲類
rettile (m)
[rèt-ti-le]

鳥
uccelli (m.pl.)
[uc-cèl-li]

猴子
scimmia (f)
[scìm-mia]

蛇
serpente (m)
[ser-pèn-te]

鸚鵡
pappagallo (m)
[pap-pa-gàl-lo]

老鷹
aquila (f)
[à-qui-la]

蝸牛
lumaca (f)
[lu-mà-ca]

蜘蛛
ragno (m)
[rà-gno]

貓頭鷹
civetta (f)
[ci-vét-ta]

孔雀
pavone(nessa)
[pa-vó-ne(nés-sa)]

鱷魚
coccodrillo (m)
[coc-co-drìl-lo]

海豚
delfino (m)
[del-fì-no]

企鵝
pinguino (m)
[pin-guì-no]

鯨魚
balena (f)
[ba-lé-na]

Al parco
公園走走

寫生
dipingere all'aria aperta
[di-pìn-ge-re all'à-ria a-pèr-ta]

畫架
cavalletto (m)
[ca-val-lét-to]

畫筆
pennello (m)
[pen-nèl-lo]

畫布
tela (f)
[té-la]

畫家
pittore(trice)
[pit-to-re, tri-ce]

老年人
vecchio(a)
[vèc-chio, a]

對話
conversazione (f)
[con-ver-sa-zió-ne]

貓
gatto (m)
[gàt-to]

狗
cane (m)
[cà-ne]

長凳
panchina (f)
[pàn-chi-na]

遊樂區
parco giochi (m)
[pàr-co giò-chi]

玩
giocare (v.tr.)
[gio-cà-re]

蹺蹺板
altalena (f)
[al-ta-lé-na]

吉他
chitarra (f)
[chi-tàr-ra]

馬戲團
circo (m)
[cìr-co]

哭
piangere (v.intr.)
[pi-àn-ge-re]

捉迷藏
nascondino (m)
[na-scon-dì-no]

放鬆
rilassare (v.tr.)
[ri-las-sà-re]

走路、行走
camminare (v.intr.)
[cam-mi-nà-re]

樹葉
foglia (f)
[fò-glia]

樹幹
tronco (m)
[trón-co]

野餐
picnic (m)
[pìc-nic]

樹枝
ramo (m)
[rà-mo]

散步
passeggiare (v.intr.)
[pas-seg-già-re]

跑步
correre (v.intr.)
[cór-re-re]

草坪
prato (m)
[prà-to]

年輕人
giovane (m.f.)
[gió-va-ne]

青蛙
rana (f)
[rà-na]

消防栓
idrante (m)
[i-dràn-te]

蝌蚪
girino (m)
[gi-rì-no]

池塘
stagno (m)
[stà-gno]

廣告
pubblicità (f)
[pub-bli-ci-tà]

La festa
派對

請進、請坐。
Si accomodi.
[si ac-cò-mo-di]

規劃
organizzare (v.tr.)
[or-ga-niZ-Zà-re]

邀請
invitare (v.tr.)
[in-vi-tà-re]

參加、出席
partecipare (v.intr.)
[par-te-ci-pà-re]

主人
padrone(a) di casa
[pa-dró-ne, a di cà-sa]

幸會！
Piacere!
[pia-cé-re]

介紹
presentare (v.tr.)
[pre-Sen-tà-re]

朋友
amico(a)
[a-mì-co, a]

上司
superiore (m)
[su-pe-rió-re]

同事
collega (m.f.)
[col-lè-ga]

男性的
maschile
[ma-schì-le]

老闆
capo (m)
[cà-po]

女性的
femminile
[fem-mi-nì-le]

聊天
chiacchierare (v.tr.)
[chiac-chie-rà-re]

討論
discutere (v.tr./v.intr.)
[di-scù-te-re]

笑
ridere (v.intr.)
[rì-de-re]

熱鬧的
movimentat
[mo-vi-men-tà-t]

氣氛
atmosfera (f)
[at-mo-sfè-ra]

喝醉的
ubriac
[u-bri-à-c]
也可指喝醉的人。

令人難忘的
indimenticabile
[in-di-men-ti-cà-bi-le]

職業
professioni (f.pl.)
[pro-fes-sió-ni]

工程師
ingegnere (m.f.)
[in-ge-gnè-re]

上班族
impiegat
[im-pie-gà-t]

律師
avvocat
[av-vo-cà-t]

司機
autista (m.f.)
[au-tì-sta]

會計師
contabile (m.f.)
[con-tà-bi-le]

秘書
segretari
[se-gre-tà-ri]

教授
professo
[pro-fes-só-]

建築師
architetto (m)
[ar-chi-tét-to]

平面設計師
grafic
[grà-fi-c]

法官
giudice (m.f.)
[giù-di-ce]

藝術家
artista (m.f.)
[ar-tì-sta]

程式設計師
programma
[pro-gram-ma-]

La famiglia
家庭聚餐

鄉下
campagna (f)
[cam-pà-gna]

攜帶
portare (v.tr.)
[por-tà-re]

爸爸
padre (m)
[pà-dre]

姊妹
sorella (f)
[so-rèl-la]

兄弟
fratello (m)
[fra-tèl-lo]

兄fratello maggiore [fra-tèl-lo
mag-gió-re]；弟fratello minore
[fra-tèl-lo mi-nó-re]。

親戚
parenti (m.pl.)
[pa-rèn-ti]

禮物
regalo (m)
[re-gà-lo]

媽媽
madre (f)
[mà-dre]

討人厭的
antipatico(a)
[an-ti-pà-ti-co, a]

親切的
simpatico(a)
[sim-pà-ti-co, a]

壯的
robusto(a)
[ro-bù-sto, a]

幽默的
spiritoso(a)
[spi-ri-tó-so, a]

瘦的
magro(a)
[mà-gro, a]

活潑的
vivace
[vi-và-ce]

懶惰的
pigro(a)
[pì-gro, a]

開朗的
aperto(a)
[a-pèr-to, a]

祖父、外公／祖母、外婆
nonno(a)
[nòn-no]
爸媽的父母親。

叔、伯、舅／姑姑、阿姨
zio(a)
[zi-o]
父母親同輩份的兄弟姊妹。

姊夫、妹夫
cognato (m)
[co-gnà-to]
與自己同輩份，有姻親關係的男性，例如姊妹的先生、老公的兄弟，或妻子的兄弟等。

堂、表兄弟／姊妹
cugino(a)
[cu-gi-no]
與自己同輩份有血緣關係的兄弟姊妹。

嫂嫂、弟妹、小姑、小姨
cognata (f)
[co-gnà-ta]
與自己同輩份，有姻親關係的女性，例如兄弟的妻子、老公的姊妹、妻子的姊妹等。

姪、甥
nipote
[ni-pó-te]
有血緣關係的晚輩，不論姪女或外甥皆稱之。

嚴肅的
serio(a)
[sè-rio]

有禮貌的
gentile
[gen-tì-le]

家庭主婦
casalinga (f)
[ca-sa-lìn-ga]

胖的
grasso(a)
[gràs-so]

127

L' appuntamento
約會

嗨！美女！
Ciao, bella!
[cià-o bèl-la]
對帥哥打招呼時則可以說
Ciao bello [cià-o bèl-lo]。

親愛的！
Caro(a)!
[cà-r]

我的愛。
Amore mio.
[a-mó-re mì-o]

我想你。
Mi sei mancato(a).
[mi sè-i man-cà-t]
男生對女生說時用mi sei mancata；
女生對男生說時用mi sei mancato。

你要來載我嗎？
**Mi verrai
a prendere?**
[mi ver-rài a prèn-de-re]

願意跟我出去嗎？
**Ti piacerebbe
uscire con me?**
[ti pia-ce-réb-be u-scì-re còn me]

我等不及見到你！
**Non vedo l'ora
di vederti!**
[nón vé-do ló-ra di ve-dér-ti]

心情、情緒
umore (m)
[u-mó-re]

擁抱
abbracciare (v.tr.)
[ab-brac-cià-re]

戀愛、愛上
innamorare (v.tr.)
[in-na-mo-rà-re]

親吻
baciare (v.tr.)
[ba-cià-re]

我喜歡你
mi piaci
[mi pià-ci]

和某人在一起、交往
stare con~
[stà-re cón]

我愛你
ti amo
[ti à-mo]

回憶
ricordare (v.tr.)
[ri-cor-dà-re]

訂婚
fidanzamento (m)
[fi-dan-za-mén-to]

先生
marito (m)
[ma-rì-to]

未婚夫、未婚妻
fidanzato(a)
[fi-dan-zà-to, a]

妻子
moglie (f)
[mó-glie]

婚禮
matrimonio (m)
[ma-tri-mò-nio]

已婚的
coniugato(a)
[co-niu-gà-to, a]

娶、嫁、結婚
sposare (v.tr.)
[spo-Sà-re]

離婚
divorzio (m)
[di-vòr-zio]

同居
convivere (v.intr.)
[con-vì-ve-re]

鰥夫、寡婦
vedovo(a)
[vé-do-vo, a]

求救 chiedere aiuto

走開！
Via!
[vì-a]

不要煩我！
Lasciami in pace!
[là-scia-mi in pà-ce]

走開！
Se ne vada!
[sé né và-da]
語氣更為強烈。

不要碰我！
Non toccarmi!
[nòn toc-càr-mi]

注意！
Attenzione!
[at-ten-zió-ne]

停住、不要動！
Fermati!
[fér-ma-ti]

搶劫！
Al ladro!
[al là-dro]

我受傷了。
Sono ferito(a).
[só-no fe-rì-to, a]

等一下！
Aspetta!
[a-spèt-ta]

我不舒服。
Mi sento male.
[mi sèn-to mà-le]

我找不到我的同伴們。
Non trovo i miei compagni.
[nòn trò-vo i mi-è-i com-pà-gnì]

救命！
Aiuto!
[a-iù-to]

請你們幫忙叫警察。
Per favore chiamate la polizia.
[pér fa-vó-re chia-mà-te la po-li-zì-a]

我被搶了。
Mi hanno derubato.
[mi hàn-no de-ru-bà-to]

可以幫我嗎？
Mi può aiutare?
[mi pu-ò a-iu-tà-re]

我發生車禍了。
Ho avuto un incidente.
[ho av-ù-to un in-ci-dèn-te]

我要報案。
Voglio denunciare.
[vo-glio de-nun-cià-re]

這是代表什麼意思？
Che cosa significa?
[ché cò-sa si-gnì-fi-ca]

我求你、拜託了！
Mi raccomando!
[mi rac-co-màn-do]

我該怎麼辦？
Come faccio?
[có-me fàc-cio]

生活義大利
La vita in Italia

日常的居家生活,學習像義大利人
一樣悠閒的享受當下,生活也可以
變得更美好!

La casa
居家

客廳
soggiorno (m)
[sog-giór-no]

窗簾
tende (f.pl.)
[tèn-de]

抱枕
cuscino (m)
[cu-sci-no]

窗戶
finestra (f)
[fi-nè-stra]

沙發
divano (m)
[di-và-no]

花瓶
vaso (m)
[và-So]

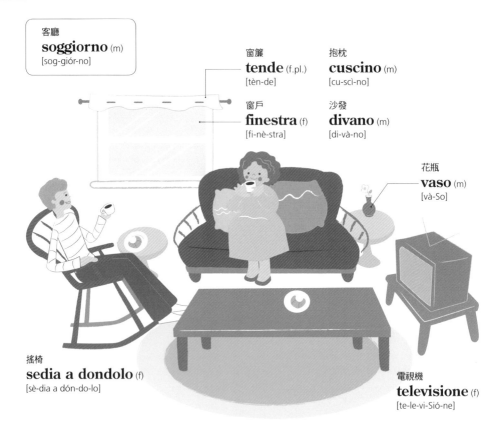

搖椅
sedia a dondolo (f)
[sè-dia a dón-do-lo]

電視機
televisione (f)
[te-le-vi-Sió-ne]

扶手椅
poltrona (f)
[pol-tró-na]

畫
quadro (m)
[quà-dro]

插座
presa (f)
[pré-sa]

音響
stereo (m)
[stè-reo]

壁爐
caminetto (m)
[ca-mi-nét-to]

插頭
spina (f)
[spì-na]

暖器
riscaldamento (m)
[ri-scal-da-mén-to]

開關
interruttore (m)
[in-ter-rut-tó-re]

公寓
appartamento (m)
[ap-par-ta-mén-to]

住
abitare (v.tr./v.intr.)
[a-bi-tà-re]

住戶
abitante (m.f.)
[a-bi-tàn-te]

鄰居
vicinato (m)
[vi-ci-nà-to]

房客
inquilino (m)
[in-qui-lì-no]

屋頂
tetto (m)
[tét-to]

煙囪
camino (m)
[ca-mì-no]

天線
antenna (f)
[an-tén-na]

中庭
cortile (m)
[cor-tì-le]

庭院
giardino (m)
[giar-dì-no]

走廊
corridoio (m)
[cor-ri-dó-io]

酒窖
cantina (f)
[can-tì-na]

牆
muro (m)
[mù-ro]

陽台
balcone (m)
[bal-có-ne]

門鈴
campanello (m)
[cam-pa-nèl-lo]

柵門
cancello (m)
[can-cèl-lo]

車庫
garage (m)
[ga-ràj]

La cucina
廚房

微波爐
forno a microonde (m)
[fór-no a mi-cro-ón-de]

烤麵包機
tostapane (m)
[to-sta-pà-ne]

菜瓜布
spugna per i piatti (f)
[spù-gna pér i piàt-ti]

冷凍庫
freezer (m)
[fri-zer]

海綿
spugna (f)
[spù-gna]

冰箱
frigorifero (m)
[fri-go-rì-fe-ro]

冷藏
congelare (v.tr.)
[con-ge-là-re]

保存、儲存
conservare (v.tr.)
[con-ser-và-re]

烤爐
forno (m)
[fór-no]

烤盤
pirofila (f)
[pi-rò-fi-la]

烤肉桿
spiedo (f)
[spiè-do]

長柄勺
mestolo (m)
[mé-sto-lo]

容器
recipiente (m)
[re-ci-pièn-te]

水龍頭
rubinetto (m)
[ru-bi-nét-to]

打蛋器
frusta (f)
[frù-sta]

平底鍋
padella (f)
[pa-dèl-la]

咖啡壺
caffettiera (f)
[caf-fet-tiè-ra]

洗碗機
lavastoviglie (f)
[la-va-sto-vì-glie]

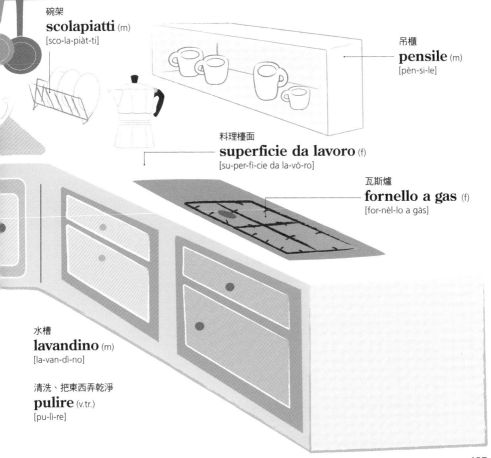

碗架
scolapiatti (m)
[sco-la-piàt-ti]

吊櫃
pensile (m)
[pèn-si-le]

料理檯面
superficie da lavoro (f)
[su-per-fì-cie da la-vó-ro]

瓦斯爐
fornello a gas (f)
[for-nèl-lo a gàs]

水槽
lavandino (m)
[la-van-dì-no]

清洗、把東西弄乾淨
pulire (v.tr.)
[pu-lì-re]

Il bagno
浴室

牙刷
spazzolino (m)
[spaz-zo-lì-no]

牙膏
dentifricio (m)
[den-ti-frì-cio]

洗臉
lavarsi la faccia
[la-vàr-si la fàc-cia]
是一種自身的動作、自己
對自己做的動作，例如mi
lavo la faccia表示我在洗自
己的臉。

刮鬍刀
rasoio (m)
[ra-só-io]

刮鬍子
radersi
[rà-der-si]
是一種自身的動作、自己
對自己做的動作，例如ti
radi表示你在刮自己的鬍
子。

化妝
truccarsi
[truc-càr-si]
是一種自身的動作、自己
對自己做的動作，例如si
trucca表示他在為自己上
妝。

梳頭
pettinarsi
[pet-ti-nàr-si]
是一種自身的動作、自己
對自己做的動作，例如mi
pettino表示我在梳自己的
頭。

肥皂
sapone (m)
[sa-pó-ne]

肥皂架
porta sapone (m)
[pòr-ta sa-pó-ne]

坐浴桶
bidé (m)
[bi-dé]
用來洗淨下身。

馬桶
vaso sanitario (m)
[và-So sa-ni-tà-rio]

洗臉盆、水槽
lavandino (m)
[la-van-dì-no]

洗衣機
lavatrice (f)
[la-va-trì-ce]
在義大利洗衣機
通常擺在廁所。

磁磚
mattonella (f)
[mat-to-nèl-la]

毛巾架
porta asciugamano (m)
[pòr-ta a-sciu-ga-mà-no]

毛巾
asciugamano (m)
[a-sciu-ga-mà-no]

淋浴
doccia (f)
[dóc-cia]

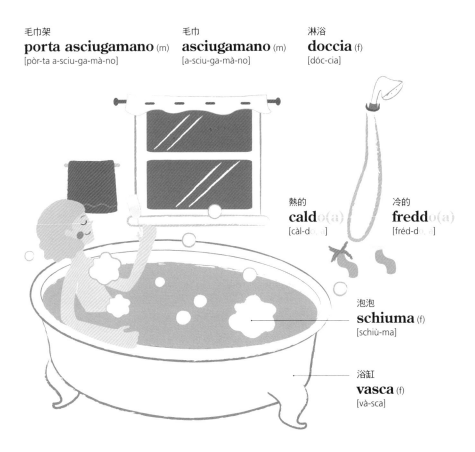

熱的
caldo(a)
[càl-do, a]

冷的
freddo(a)
[fréd-do, a]

泡泡
schiuma (f)
[schiù-ma]

浴缸
vasca (f)
[và-sca]

塞子
tappo (m)
[tàp-po]

泡澡
fare il bagno
[fà-re il bà-gno]

浴衣、浴袍
accappatoio (m)
[ac-cap-pa-tó-io]

體重機
bilancia (f)
[bi-làn-cia]

沖澡、淋浴
fare la doccia
[fà-re la dóc-cia]

睡衣
pigiama (m)
[pi-già-ma]

In ufficio
在辦公室

文具
cancelleria (f)
[can-cel-le-rì-a]

釘書機
cucitrice (f)
[cu-ci-trì-ce]

削鉛筆器
temperamatite (m)
[tem-pe-ra-ma-tì-te]

計算機
calcolatore (m)
[cal-co-la-tó-re]

打洞機
perforatore (m)
[per-fo-ra-tó-re]

紙
carta (m)
[càr-ta]

膠水
colla (f)
[còl-la]

辦公室
ufficio (m)
[uf-fì-cio]

電腦
computer (m)
[kom-pjù-ter]

筆記型電腦
(computer) portatile (m)
[por-tà-ti-le]

螢幕
schermo (m)
[schér-mo]

鍵盤
tastiera (f)
[ta-stiè-ra]

滑鼠
mouse (m)
[maus]

電話
telefono (m)
[te-lè-fo-no]

手機
telefono cellulare (m)
[te-lè-fo-no cel-lu-là-re]
也可以說telefonino (m) [te-le-fo-nì-no]。

文件
documento (m)
[do-cu-mén-to]

桌子
tavolo (m)
[tà-vo-lo]

椅子
sedia (f)
[sè-dia]

修正
correggere (v.tr.)
[cor-règ-ge-re]

預算
bilancio (m)
[bi-làn-cio]

工作
lavoro (m)
[la-vó-ro]

經驗
esperienza (f)
[es-pe-ri-én-za]

錯誤的
sbagliato(a)
[Sba-glià-to.a]

企業、事業
impresa (f)
[im-pré-sa]

應付、面對
affrontare (v.tr.)
[af-fron-tà-re]

責任
responsabilità (f)
[re-spon-sa-bi-li-tà]

出差
viaggio d'affari (m)
[viàg-gio daf-fàri]

加班
straordinari (m.pl.)
[stra-or-di-nà-ri]

名片
**biglietto
da visita** (m)
[bi-gliét-to da vì-si-ta]

有自信的、有把握的
sicuro(a)
[si-cù-ro.a]

有壓力的
stressato(a)
[stres-sà-to.a]

疲倦的
stanco(a)
[stàn-co.a]

影印機
fotocopiatrice (f)
[fo-to-co-pia-trì-ce]

影印
fotocopiare (v.tr.)
[fo-to-co-pià-re]
影印一份也可以說
fare una copia [fà-re ù-na cò-pia]。

傳真機
telefax (m)
[te-le-fàx]
直接說fax也通用。

印表機
stampante (f)
[stam-pàn-te]

A scuola
在學校

校長
preside (m)
[prè-si-de]

頻繁
frequenza (f)
[fre-quèn-za]

學習
imparare (v.tr.)
[im-pa-rà-re]

安靜！
Silenzio!
[si-lèn-zio]

功課
compiti (m.pl.)
[cóm-pi-ti]

困難的
difficile
[dif-fi-ci-le]

考試
esame (m)
[e-Sà-me]

念書、研讀
studiare (v.tr.)
[stu-dià-re]

考試順利！
In bocca al lupo!
[in bóc-ca al lù-po]
在考試前的一種祝福用語，字面意思為在狼的嘴裡，被祝福的人一定要接Crepi il lupo [crè-pi il lù-po]，表示希望狼死掉。

教室
aula (f)
[àu-la]

獎學金
borsa di studio (f)
[bór-sa di stù-dio]

國中
scuola media (f)
[scuò-la mè-dia]

課堂、課
lezione (f)
[le-zió-ne]

註冊
iscrizione (f)
[i-scri-zió-ne]

高中
scuola superiore (f)
[scuò-la su-pe-rió-re]

錄取
ammissione (f)
[am-mis-sió-ne]

大學
università (f)
[u-ni-ver-si-tà]

宿舍
dormitorio (m)
[dor-mi-tò-rio]

科系（大學的）
dipartimento (m)
[di-par-ti-mén-to]

學生餐廳
mensa (f)
[mèn-sa]

系、院
facoltà (f)
[fa-col-tà]

小學
scuola elementare (f)
[scuò-la e-le-men-tà-re]

學生
studen**te(tessa)**
[stu-dèn-te, tés-sa]

原子筆
penna (f)
[pén-na]

橡皮擦
gomma (f)
[góm-ma]

立可白
bianchetto (m)
[bian-chét-to]

老師
insegnante (m.f.)
[in-se-gnàn-te]

黑板
lavagna (f)
[la-và-gna]

粉筆
gesso (m)
[gès-so]

講桌
cattedra (f)
[càt-te-dra]

鉛筆
matita (f)
[ma-tì-ta]

筆記本
quaderno (m)
[qua-dèr-no]

抽屜
cassetto (m)
[cas-sét-to]

All'ospedale
在醫院

Part 7

醫院
ospedale
[o-spe-dà-le]

護士
infermiere(a)
[in-fer-miè-re, a]

醫生
dottore(ressa)
[dot-tó-re, rès-sa]

牙醫
dentista (m.f.)
[den-tì-sta]

病人
paziente (m.f.)
[pa-zièn-te]

急診室
pronto soccorso (m)
[prón-to soc-cór-so]

救護車
ambulanza (f)
[am-bu-làn-za]

感冒
raffreddore (m)
[raf-fred-dó-re]

聽診器
stetoscopio (m)
[ste-to-scò-pio]

溫度計
termometro (m)
[ter-mò-me-tro]

流行性感冒
influenza (f)
[in-flu-èn-za]

注射
iniettare (v.tr.)
[i-niet-tà-re]

針筒
siringa (f)
[si-rìn-ga]

症狀
sintomo (m)
[sìn-to-mo]

曬傷、灼傷
scottatura (f)
[scot-ta-tù-ra]

拉肚子
diarrea (f)
[diar-rè-a]

過敏
allergia (f)
[al-ler-gì-a]

咳嗽
tosse (f)
[tós-se]

藥局
farmacia (f)
[far-ma-cì-a]

藥師
farmacista (m.f.)
[far-ma-cì-sta]

抗生素
antibiotico (m)
[an-ti-bi-ò-ti-co]

OK繃
cerotto (m)
[ce-ròt-to]

處方箋
ricetta (f)
[ri-cèt-ta]

藥片、藥錠
pastiglia (f)
[pa-stì-glia]

頭痛
mal di testa (m)
[màl di tè-sta]

骨折
frattura (f)
[frat-tù-ra]

嘔吐
vomito (m)
[vò-mi-to]

胃痛
mal di stomaco (m)
[màl di stò-ma-co]

燙傷
ustione (f)
[u-stió-ne]

割傷
taglio (m)
[tà-glio]

鼻塞
naso chiuso
[nà-so chiù-so]

扭傷
distorsione (f)
[di-stor-sió-ne]

發燒
febbre (f)
[fèb-bre]

打噴嚏
starnutire (v.intr.)
[star-nu-ti-re]

Il corpo umano
人體結構

臉
viso (m)
[vì-So]

前額
fronte (f)
[frón-te]

眉毛
sopracciglio (m)
[so-prac-cì-glio]
複數為le sopracciglia。

眼皮
palpebra (f)
[pàl-pe-bra]

耳朵
orecchio (m)
[o-réc-chio]
複數為le orecchie。

眼睛
occhio (m)
[òc-chio]

鼻子
naso (m)
[nà-so]

臉頰
guancia (f)
[guàn-cia]

嘴巴
bocca (f)
[bóc-ca]

舌頭
lingua (f)
[lìn-gua]

牙齒
denti (m.pl.)
[dèn-ti]

害羞的
timido(a)
[tì-mi-do, a]

樂觀的
ottimista (m.f.)
[ot-ti-mi-sta]

積極的
aggressivo(a)
[ag-gres-sì-vo, a]

自私的
egoista
[e-go-i-sta]

個性
personalita (f)
[per-so-na-li-tà]

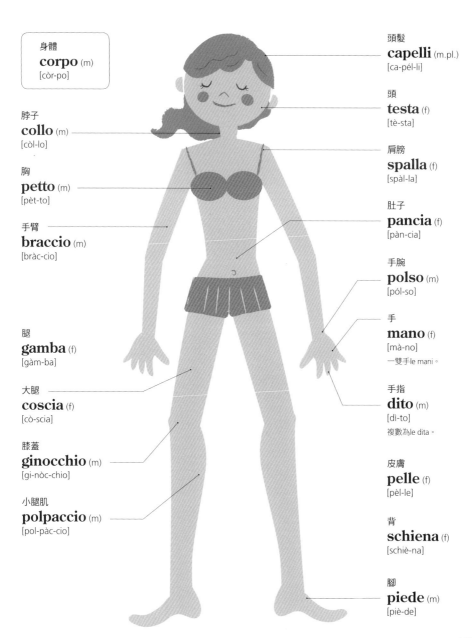

身體
corpo (m)
[còr-po]

脖子
collo (m)
[còl-lo]

胸
petto (m)
[pèt-to]

手臂
braccio (m)
[bràc-cio]

腿
gamba (f)
[gàm-ba]

大腿
coscia (f)
[cò-scia]

膝蓋
ginocchio (m)
[gi-nòc-chio]

小腿肌
polpaccio (m)
[pol-pàc-cio]

頭髮
capelli (m.pl.)
[ca-pél-li]

頭
testa (f)
[tè-sta]

肩膀
spalla (f)
[spàl-la]

肚子
pancia (f)
[pàn-cia]

手腕
polso (m)
[pól-so]

手
mano (f)
[mà-no]
一雙手le mani。

手指
dito (m)
[dì-to]
複數為le dita。

皮膚
pelle (f)
[pèl-le]

背
schiena (f)
[schiè-na]

腳
piede (m)
[piè-de]

I numeri
數字

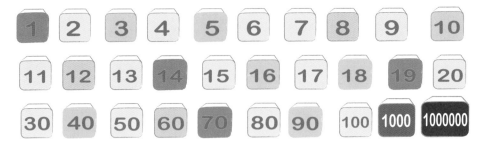

第三
terzo(a)
[tèr-zo, a]

第二
secondo(a)
[se-cón-do, a]

第一
primo(a)
[prì-mo, a]

數字
i numeri (m.pl.)
[i nù-me-ri]

0	5
zero	**cinque**
[Zè-ro]	[cìn-que]
1	6
uno	**sei**
[ù-no]	[sèi]
2	7
due	**sette**
[dù-e]	[sèt-te]
3	8
tre	**otto**
[tré]	[òt-to]
4	9
quattro	**nove**
[quàt-tro]	[nò-ve]

10
dieci
[diè-ci]

11
undici
[ùn-di-ci]

12
dodici
[dó-di-ci]

13
tredici
[tré-di-ci]

14
quattordici
[quat-tór-di-ci]

15
quindici
[quìn-di-ci]

16
sedici
[sé-di-ci]

17
diciassette
[di-cias-sèt-te]

18
diciotto
[di-ciòt-to]

19
diciannove
[di-cian-nò-ve]

20
venti
[vén-ti]

30
trenta
[trén-ta]

40
quaranta
[qua-ràn-ta]

50
cinquanta
[cin-quàn-ta]

60
sessanta
[ses-sàn-ta]

70
settanta
[set-tàn-ta]

80
ottanta
[ot-tàn-ta]

90
novanta
[no-vàn-ta]

100
cento
[cèn-to]

1,000
mille
[mìl-le]

1,000,000
un milione
[un mi-lió-ne]

兩倍
doppio
[dóp-pio]

三倍
triplo
[trì-plo]

二分之一、一半
la metà
[la me-tà]

三分之一
un terzo
[un tèr-zo]

四分之一
un quarto
[un quàr-to]

一些
qualche
[quàl-che]

三樓
secondo piano (m)
[se-cón-do pià-no]

二樓
primo piano (m)
[prì-mo pià-no]

一樓
piano terra (m)
[pià-no tèr-ra]

L'orario
一天的時間

早上
mattina (f)
[mat-tì-na]

早餐
colazione (f)
[co-la-zió-ne]

今天上午
stamattina
[sta-mat-tì-na]

中午
mezzogiorno (m)
[meZ-Zo-giór-no]

午餐
pranzo (m)
[pràn-Zo]

現在幾點？
Che ore sono?
[ché ó-re só-no]

一小時
un'ora
[un-ó-ra]

半小時
una mezz'ora
[ù-na meZ-Zó-ra]

手錶
orologio (m)
[o-ro-lò-gio]

通常
di solito
[di sò-li-to]

太早了
troppo presto
[tròp-po prè-sto]

太晚了
troppo tardi
[tròp-po tàr-di]

01:00
l'una
[lù-na]

02:00
le due
[le dù-e]

03:05
le tre e cinque
[le tré e cìn-que]

04:10
le quattro e dieci
[le quàt-tro e diè-ci]

05:15
le cinque e un quarto
[le cìn-que e un quàr-to]

06:25
le sei e venticinque
[le sèi e ven-ti-cìn-que]

07:30
le sette e mezzo
[le sèt-te e mèz-zo]

08:40
le otto e quaranta
[le òt-to e qua-ràn-ta]

09:45
le nove e tre quarti
[le nò-ve e tré quàr-ti]

10:50
le undici meno dieci
[le ùn-di-ci mé-no diè-ci]

11:55
mezzogiorno meno cinque
[meZ-Zo-gjór-no mé-no cin-que]

半夜24:00
mezzanotte
[meZ-Za-nòt-te]

下午
pomeriggio (m)
[po-me-rìg-gio]

落日
tramonto (m)
[tra-món-to]

晚上
sera (f)
[sé-ra]

晚餐
cena (f)
[cé-na]

就寢
andare a letto
[an-dà-re a lèt-to]

夜晚
notte (f)
[nòt-te]

睡覺
dormire (v.intr.)
[dor-mì-re]

151

La data, i mesi e le stagioni
日期、月份與季節

日曆
calendario (m)
[ca-len-dà-rio]

	lun	mar	mer	gio	ven	sab	dom
		1	2	3	4	5	6
	7	8	9	10	11	12	13
	14	15	16	17	18	19	20
	21	22	23	24	25	26	27
	28	29	30				

天
giorno (m)
[giór-no]

月
mese (m)
[mé-se]

週
settimana (f)
[set-ti-mà-na]

年
anno (m)
[àn-no]

星期一
lunedì (m)
[lu-ne-dì]

星期二
martedì (m)
[mar-te-dì]

星期三
mercoledì (m)
[mer-co-le-dì]

星期四
giovedì (m)
[gio-ve-dì]

星期五
venerdì (m)
[ve-ner-dì]

星期六
sabato (m)
[sà-ba-to]

星期日
domenica (f)
[do-mé-ni-ca]

週末
fine settimana (m)
[fì-ne set-ti-mà-na]

昨天
ieri
[iè-ri]

明天
domani
[do-mà-ni]

上週
la settimana scorsa
[la set-ti-mà-na scór-sa]

今天
oggi
[òg-gi]

後天
dopodomani
[do-po-do-mà-ni]

這週
questa settimana
[qué-sta set-ti-mà-na]

假日
festivo
[fe-stì-vo]

平日
feriale
[fe-rià-le]
指非假日的平常上班日。

下個月
il mese prossimo
[il mé-se pròs-si-mo]

去年
l'anno scorso
[làn-no scór-so]

晴朗的
sereno
[se-ré-no]

天氣
tempo (m)
[tèm-po]

風
vento (m)
[vèn-to]

雨
pioggia (f)
[piòg-gia]

氣溫
temperatura (f.)
[tem-pe-ra-tù-ra]

多雲的
nuvoloso
[nu-vo-ló-so]

濕氣很重的
umido
[ù-mi-do]

霧
nebbia (f)
[néb-bia]

雪
neve (f)
[né-ve]

日期
data (f)
[dà-ta]

一月
gennaio (m)
[gen-nà-io]

四月
aprile (m)
[a-prì-le]

七月
luglio (m)
[lù-glio]

十月
ottobre (m)
[ot-tó-bre]

二月
febbraio (m)
[feb-brà-io]

五月
maggio (m)
[màg-gio]

八月
agosto (m)
[a-gó-sto]

十一月
novembre (m)
[no-vèm-bre]

三月
marzo (m)
[màr-zo]

六月
giugno (m)
[giù-gno]

九月
settembre (m)
[set-tèm-bre]

十二月
dicembre (m)
[di-cèm-bre]

季節
stagione (f)
[sta-gió-ne]

夏
estate (f)
[e-stà-te]

冬
inverno (m)
[in-vèr-no]

春
primavera (f)
[pri-ma-vè-ra]

秋
autunno (m)
[au-tùn-no]

夏令時間
ora legale (f)
[ó-ra le-gà-le]

義大利人的手勢 gesticolare

義大利人說話時常常會帶著一些手勢，看著
義大利人一邊揮舞著手一邊聊天，也是很有
趣的畫面。

無所謂、我不在乎。
Me ne frego.
[mé ne fré-go]
除了大拇指的其餘四隻手指併攏，靠在下巴處從內往外推動，表示不在乎、不重要、無所謂。

很好吃呢！
Buono!
[buò-no]
食指伸出來，在臉頰上轉動，表示東西很好吃。

走吧！
Andare via!
[an-dà-re vi-à]
右手合併用大拇指那側在左手掌心敲打，表示催促該走了。比較適合用在熟人之間。

我餓了。
Ho fame.
[hò fà-me]
右手橫著在腹部敲打，表示肚子餓、想要吃東西了。

很抱歉。
Mi dispiace.
[mi di-spià-ce]
將拇指與食指伸出比一個「七」，並轉動手腕。例如在商店裡買東西時，如果店員比出這個手勢，就代表已經賣完了。

喝一杯吧！
Beviamo!
[be-vi-àmo]
右手大拇指伸出，
往嘴巴裡送，表示
一起去喝點東西。

完美。
Perfetto.
[per-fèt-to]
兩手大拇指和食指
捏著，從中間往外
拉，表示事情很棒
或很完美。

你到底在說什麼？
Ma cosa dice?
[ma cò-sa dì-ce]
可以單手或雙手，大拇指與其
他四指合捏起來，在胸口附近
上下擺動，有一點不同意或受
不了對方的觀點時說的。

好主意。
Buona idea.
[buò-na i-dè-a]
用右手大拇指拉一下下眼
瞼，表示讚許這是一個好
主意。

國家圖書館出版品預行編目資料

看繪本學義大利語 / 劉向晨著. -- 二版. -- 臺北市：積木文化出版：家庭
傳媒城邦分公司發行, 2020.10
　　面；　公分
ISBN 978-986-459-225-8(平裝)

1.義大利語 2.讀本 3.繪本

804.68　　　　　　　　　　109004660

VX0017X

看繪本學義大利語（暢銷修訂版）

企 劃 編 輯／大福工作室
著　　　者／劉向晨
繪　　　圖／張瓊文
責 任 編 輯／徐昉驊
特 約 編 輯／陳慶祐
審訂、義語發音／Giorgia Sfriso 施喬佳
中 文 發 音／徐昉驊

發 　行 　人／涂玉雲
總 　編 　輯／王秀婷

出　　　版／104台北市民生東路二段141號5樓
　　　　　　電話：(02) 2500-7696　　傳真：(02) 2500-1953
　　　　　　官方部落格：http://cubepress.com.tw
　　　　　　讀者服務信箱：service_cube@hmg.com.tw
發　　　行／英屬蓋曼群島商家庭傳媒股份有限公司城邦分公司
　　　　　　台北市民生東路二段141號11樓
　　　　　　讀者服務專線：(02)25007718-9　　24小時傳真專線：(02)25001990-1
　　　　　　服務時間：週一至週五上午09:30-12:00、下午13:30-17:00
　　　　　　郵撥：19863813　　戶名：書虫股份有限公司
　　　　　　網站：城邦讀書花園　網址：www.cite.com.tw
香港發行所／城邦（香港）出版集團有限公司
　　　　　　香港灣仔駱克道193號東超商業中心1樓
　　　　　　電話：852-25086231　　傳真：852-25789337
　　　　　　電子信箱：hkcite@biznetvigator.com
馬新發行所／城邦（馬新）出版集團
　　　　　　Cité (M) Sdn. Bhd. (458372U)
　　　　　　11, Jalan 30D/146, Desa Tasik, Sungai Besi,
　　　　　　57000 Kuala Lumpur, Malaysia.
　　　　　　電話：(603)90563833　傳真：603-90562833
　　　　　　電子信箱：services@cite.my

美 術 設 計／葉若蒂、張倚禎
錄 音 協 力／禮讚錄音有限公司
製　　　版／上晴彩色印刷製版有限公司
印　　　刷／東海印刷事業股份有限公司

城邦讀書花園
www.cite.com.tw

【印刷版】　　　　　　　　　　【電子版】
2010年4月30日　初版1刷　　　2021年3月
2023年5月19日　二版2刷　　　ISBN：978-986-459-225-8(EPUB)
售價／399元
ISBN 978-986-459-225-8

中義語發音MP3下載＆線上聽

音檔內容包含單字句型與情境對白，

解說內的單字請參考音標練習發音。

【音檔下載】建議給電腦使用者下載收藏　　【線上聆聽】建議給手機使用者線上聆聽

旅遊生活

養生

食譜

收藏

品酒

設計　語言學習

育兒

手工藝

靜態閱讀，互動app，一書多讀好有趣！

CUBE PRESS Online Catalogue
積木文化・書目網

cubepress.com.tw/books

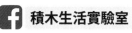

積木生活實驗室